宮沢賢治の問題群

感情移入と持続可能社会を巡って

久永公紀
HISANAGA KIMINORI

幻冬舎MC

宮沢賢治の問題群

感情移入と持続可能社会を巡って

目次

はじめに

宮沢賢治（一八九六〜一九三三）の生前に刊行された唯一の詩集『春と修羅』の序は次のように始まる。なお、『春と修羅』を自費出版したのは、今からほぼ百年前の一九二四年。賢治二十七歳の時だ。

わたくしといふ現象は
仮定された有機交流電燈の
ひとつの青い照明です
（あらゆる透明な幽霊の複合体）
風景やみんなといつしよに
せはしくせはしく明滅しながら
いかにもたしかにともりつづける
因果交流電燈の
ひとつの青い照明です

（ひかりはたもち　その電燈は失はれ）

これらは二十二箇月の
過去とかんずる方角から
紙と鉱質インクをつらね
（すべてわたくしと明滅し
　みんなが同時に感ずるもの）
ここまでたもちつゞけられた
かげとひかりのひとくさりづつ
そのとほりの心象スケッチです

（中略）

たゞたしかに記録されたこれらのけしきは
記録されたそのとほりのこのけしきで
それが虚無ならば虚無自身がこのとほりで
ある程度まではみんなに共通いたします
（すべてがわたくしの中のみんなであるやうに

みんなのおのおののなかのすべてですから）

ここに書かれていることを意訳してみる。わたしの意識は、他者や周囲の環境と間断なく作用し合って成立する。この作品は、過去二十二箇月の間に心に浮かび現在まで保たれてきた心象スケッチで、心に浮かんだそのままを記録したもの。わたしの意識は、他者との相互作用の中で成立した現象なのだから、これらのスケッチの内容はある程度まではみんなに共通する。

ここで賢治が、〈ある程度までは〉とわざわざ書くのは、他者と彼の意識（世界像・世界観）の間に埋め難い差異があることへの尖鋭な自覚の裏返しに他ならない。

賢治の作品に表れる世界像・世界観（世界の姿・感じ、世界に対する構え）の特徴は、次の三つに集約できるだろう。

●他者や生物等に対する感情移入と、それをきっかけにした強い感情の奔出《ほんしゅつ》。

●飽食・無用な殺生、差別・虐待、飢餓・貧困に対する激しい嫌悪・否定。

●みんなの幸いの希求と、そのための自己犠牲。

本書は、これらの世界像・世界観の分析と、それに触発されて行った、人間の精神構造や社会的な課題に関する諸々の考察である。分析対象の世界像・世界観は、あくまで賢治の作品に表れている（作品自体からロジカルに読み取れる）ものであって、賢治自身が持っていたと考えられる世界像・世界観のことではないことに注意して頂きたい。また、分析する上での仮定は、賢治の諸々の作品が相互に整合性が取れて（それぞれの作品に表れる考え方が他の作品でも一貫して筋が通って）いるということのみ。だから、本書は、賢治の人物論ではないし、賢治の人物・思想と交錯する作品論でもない。

本書の各章では、概略以下の考察を、賢治のテクストを随時引用しながら行う。

一章〔感情移入〕 他者への感情移入の仕組みは、擬人化、さらには、死後の世界や神の存在を感じる（あるいは信じる）基盤になっている。賢治の多くの童話では、感情移入をきっかけに強い感情の奔出が起こる特徴がある。

二章〔無用な殺生〕　賢治の童話には、無用な殺生、差別・虐待を嫌悪・否定する話がある。飽食を避け、無用な殺生を行わないことは、取りも直さず、生態系のバランス維持に繋がる。また、差別・虐待を無くすことは、多様性を許容して信念対立による紛争を抑止し、地球環境問題（温暖化、海洋汚染等）への全ての国々による協調対処に繋がる。なお、生態系のバランス維持と、地球環境問題への対処は、持続可能な社会実現の要諦《ようてい》であることは言うまでもない。

三章〔みんなの幸い〕　みんなの幸いの希求とそのための自己犠牲は、賢治の作品に表れる世界観の中核である。みんなの幸いとは、噛み砕いて言えば、

《無用な殺生の対象になっている人・生物や、差別・虐待を受けたり、飢餓・貧困に陥っている人々の痛みを感じ、地球上からそういった状態を一掃することに、強い願いを持ち》

《その願いへの共感の輪を世界中の人々に拡大しながら、協調してかつ生物多様性・生態系のバランスを感じ保持しつつ、その願いを実現していくこと》

であり、そのための自己犠牲とは、

《自分の欲望の抑制、自分の労力の使用、自分の持てる物の供出、などを適宜行うこ

とを厭わないこと》

を意味する。賢治の作品を今日的な視点であるいは問題群として捉え直すと、そこには、人類が持続可能な社会を実現するための、主要な課題と対処が、具体的なイメージと肌触りを伴って息づいている。

一章　感情移入

賢治は、二十四歳で早世した二歳年下の妹トシのことを、例えば『春と修羅』にある「青森挽歌」に書いている。

あいつはこんなさびしい停車場を
たつたひとりで通つていつたらうか
どこへ行くともわからないその方向を
どの種類の世界へはひるともしれないそのみちを
たつたひとりでさびしくあるいて行つたらうか
（中略）
けれどもとし子の死んだことならば
いまわたくしがそれを夢でないと考へて

あたらしくぎくつとしなければならないほどの
あんまりひどいげんじつなのだ
感ずることのあまり新鮮にすぎるとき
それをがいねん化することは
きちがひにならないための
生物体の一つの自衛作用だけれども
いつでもまもつてばかりゐてはいけない
ほんたうにあいつはここの感官をうしなつたのち
あらたにどんななからだを得
どんな感官をかんじただらう
なんべんこれをかんがへたことか

死後の世界があるという仮定を、古今東西、広く人類はしてきた。今でもメディアからは日々「亡くなった誰々が喜んでいる（あるいは見守ってくれている）と思います」といった言葉が聞こえてくる。それだけ普遍的だということは、人間の意識構造に、死後の世界を仮想しやすい仕組みがあると考えるのが合理的だ。

本章では、まず他者を意識する時の仕組みを他者シミュレーターというモデルで説明する。次にこのモデルを使って、人間が死後の世界や神を意識する時に、何が起こっているかを推定し、続いて、擬人化や感情移入の仕組みを考察する。賢治の作品では、頻繁に擬人化が使われ、感情移入が起こる。死後の世界や神が想定されている場面も出てくる。その仕組みを普遍的なモデルを使って理解しておきたいというのが考察の動機。もしそういったことにはあまり興味がない、という場合は、次の三節（他者シミュレーター、霊魂、死後の世界）はとりあえずスキップして、神の節から読んで頂いても問題はない。「余談」では、宗教を取り上げ、親鸞の言行録である歎異抄、イエスの言行録である福音書等に言及する。

他者シミュレーター

私（A）の意識に他者（B）が現れる時、Aの中では何が起こっているだろうか？Bの姿や声を知覚して、それがAの意識に現れるだけでしょ、と言われるかもしれない。だが本当にそうだろうか。例えばBが「肩が凝っちゃった」と言ったとする。こ

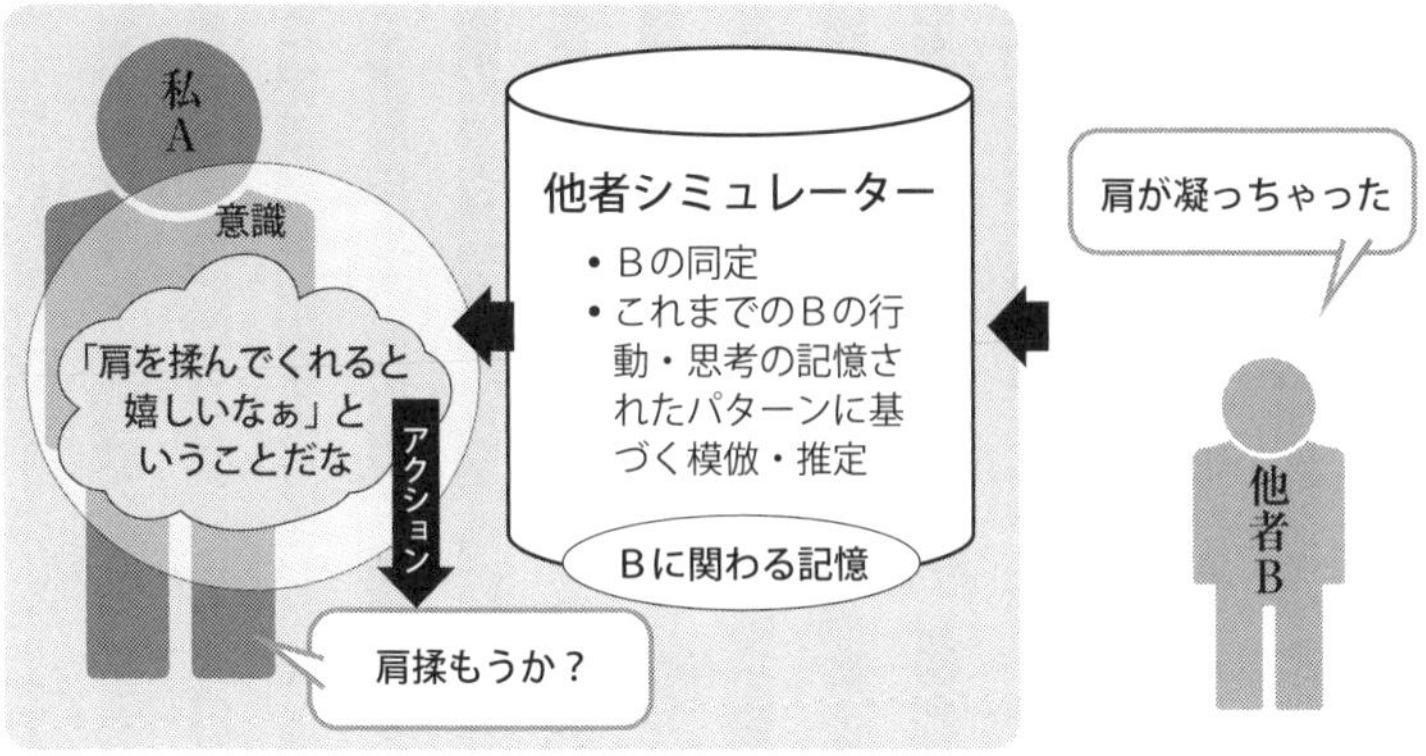

図１　他者シミュレーター

れまでのBの行動パターンから、それは言外に「肩を揉んでくれると嬉しいなぁ」を意味していることをAは意識し、すかさず「肩揉もうか？」と返す。この場合、Aの意識に現れるBは、Bの容姿の記憶、および、それまでのBとのやりとりの中でAに蓄積されたBの活動パターンを基にして、まずBであることを同定し、さらに、Bの行動・思考を推定した結果としての、温もりのあるBだ。これは単なる知覚像ではない。今説明した、他者が誰であるかを同定する機能と、他者の活動（発言含む）パターンを基にして他者の行動・思考を推定する機能を合わせて、他者シミュレーターと呼ぶことにする。

ちょっと場面を変えてみる。私が玄関のド

アを開けて外に出ると、誰かが何か言いながら近づいてくるのが目に入り「誰だろう」と私が意識する時はどうだろう。まず人の姿であることを認識し他者シミュレーターが起動する。これまでに蓄積されたいろいろな他者の記憶とパターンマッチングをして、この人は誰か同定を進める。「ああ近所のCさんだ」と同定できた場合は、他者シミュレーターはその人の行動予測を行う。一方、近づいて来る人が記憶になく初めて見る人だった場合、これまでに蓄積されたいろいろな他者や自分自身の記憶を活用しながら、その人向けのシミュレーション（危ない目つきや動作をしていて襲われる恐れはないか等）の精度を上げていくことになる。

つまり、私が他者を意識する時、単に知覚された他者の姿や声が意識されるのではなく、私の中で他者シミュレーターが処理した結果が意識される。別の言い方をすると、私にとっての他者は、物理的な他者の知覚像と、私の中の他者シミュレーターの処理結果が複合したものだ。

例えば、街で友達のYさんの後ろ姿を見つけ近づいて「Yさん、おはよう」と声をかける。その人が振り向くと知らない人だったので驚いた、というケース。この時、後ろ姿の知覚像を基に、他者シミュレーターは、その人はYさんだと同定し、続いて、

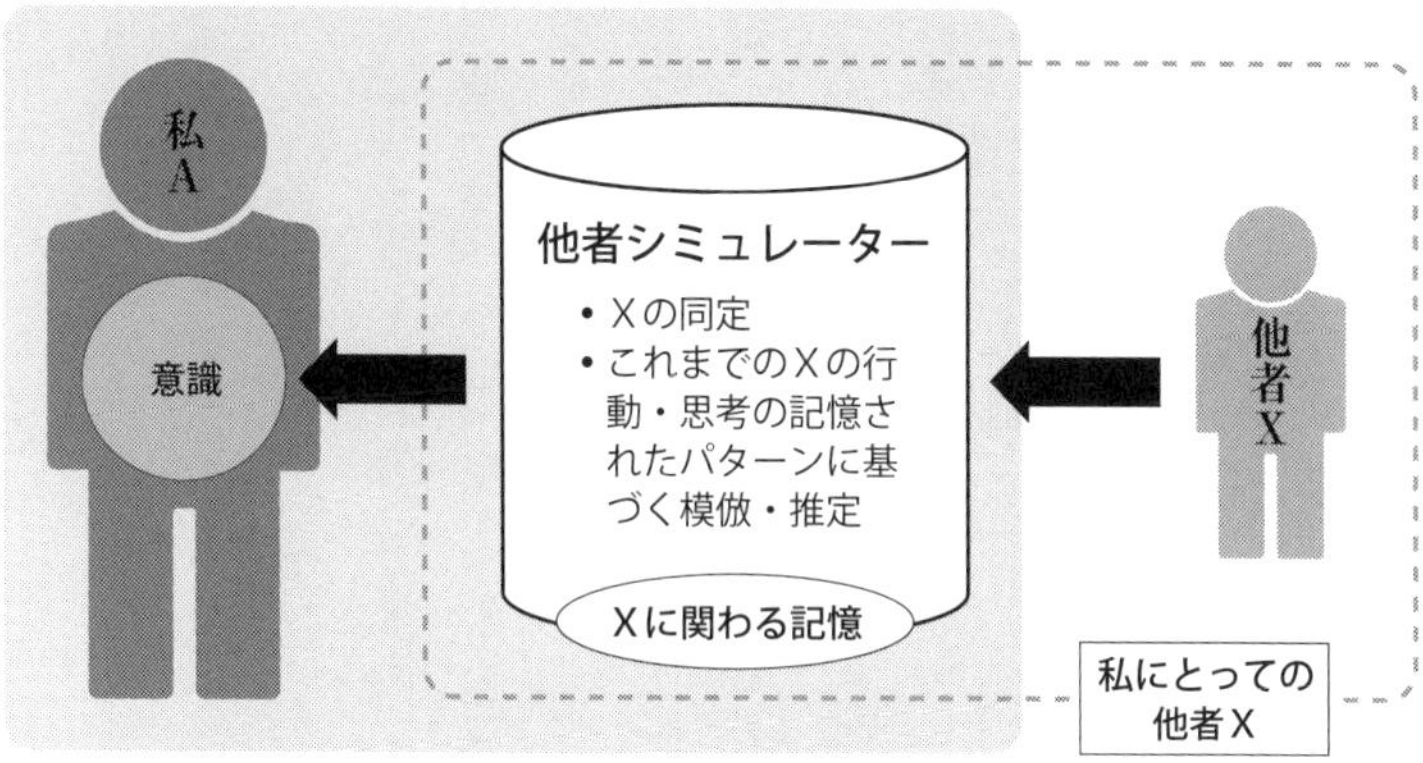

図２　私にとっての他者

その人の親しさや振り向いた時の反応（こっちを見る顔つきや発する言葉）を予想する。ところが、振り向いたその人はYさんではないから、他者シミュレーターがその人にまとわせていた親しい感じや顔つき・声などはリセットされ、知らない人としてシミュレーションが新たに始まる。つまり、私の意識の中では、振り向く前は、他者シミュレーター（Yさん向け）がその人であり、振り向いた後は、他者シミュレーター（知らない人向け）がその人ということになる。知覚像としては、振り向く前と後は連続しているが、意識の中では、振り向く前と後では別人だ。

　ところで、もし他者シミュレーターがなかったらどうだろう。他者の行動が予測できず、適切にリスク管理ができない。例えば、チームで狩りなり土木工事なりをやろうとする時、決めたルールを守ろうとしない人は、危ないのでご遠慮願うことになるが、他者シミュレーターがなかったら、他者が信頼できるかどうか推定できない。

ことはそこに留まらない。人間は、主語述語を備えた言語を使って、他者とコミュニケーションを行える。また、意識内に自分自身や他者を含めあらゆる物事・概念を適宜登場させたストーリーを浮かべること、つまり、意識内で多様なシミュレーションを行うことができる。そもそも人類が地球上でこれだけ勢力を拡大できたのは、言語を使って物事を対象化し、変化を〈予測〉し、それを踏まえて物事を〈コントロール〉することが、〈協力〉して上手くできたからだ。主語述語を備えた（誰かが主語になりうる）言語の習得は、他者シミュレーターなしで可能だろうか。それは不可能だ。他者シミュレーターなしに〈誰か〉は存在せず、単に知覚像があるだけだから。さらに、人間の意識は言語意識（言語で物事を対象化し意識する形）だから、言語の習得なしには意識もない。つまり、人間が言語意識を持つには、主語述語を備えた言語の習得が前提となり、当該言語の習得には、他者シミュレーターの存在が前提になる。

他者シミュレーターの機能は、人間以外の生物もある程度持っているだろうが、そのパワーは人間の場合桁が違う。なぜなら、人間の他者シミュレーターは、会話の記憶や文章等の言語化された情報を利用できるのに加えて、言語を使用した推論の結果も取り込める、つまり、主語述語を備えた高度な言語のパワーをフル活用できるからだ。

霊魂

人間はいつか死ぬ。私より他者Bが早く死んだと仮定する。その時、私にとってのBはどうなるか？　私の外部で生きていたBは存在しなくなるが、Bに関わる記憶を含む他者シミュレーター（B向け）は私の中に残っている。その意味では、私にとってのBは、私の中に一部存在し続けている。

意識の中で、Bに話しかけると、他者シミュレーターが、Bは多分こう言うだろうというコメントを推定して返してくる。Bが生きている時、Bとの想定問答をAが意識の中で行うことは普通だから、Bの死後に同じように問答をしても別に不思議なことではない。ただ、Bはもう死んでいるから、私の外部に物理的なBはいない。ここまでは、誰もが体験できることで間違いないだろう。ここからは推測。

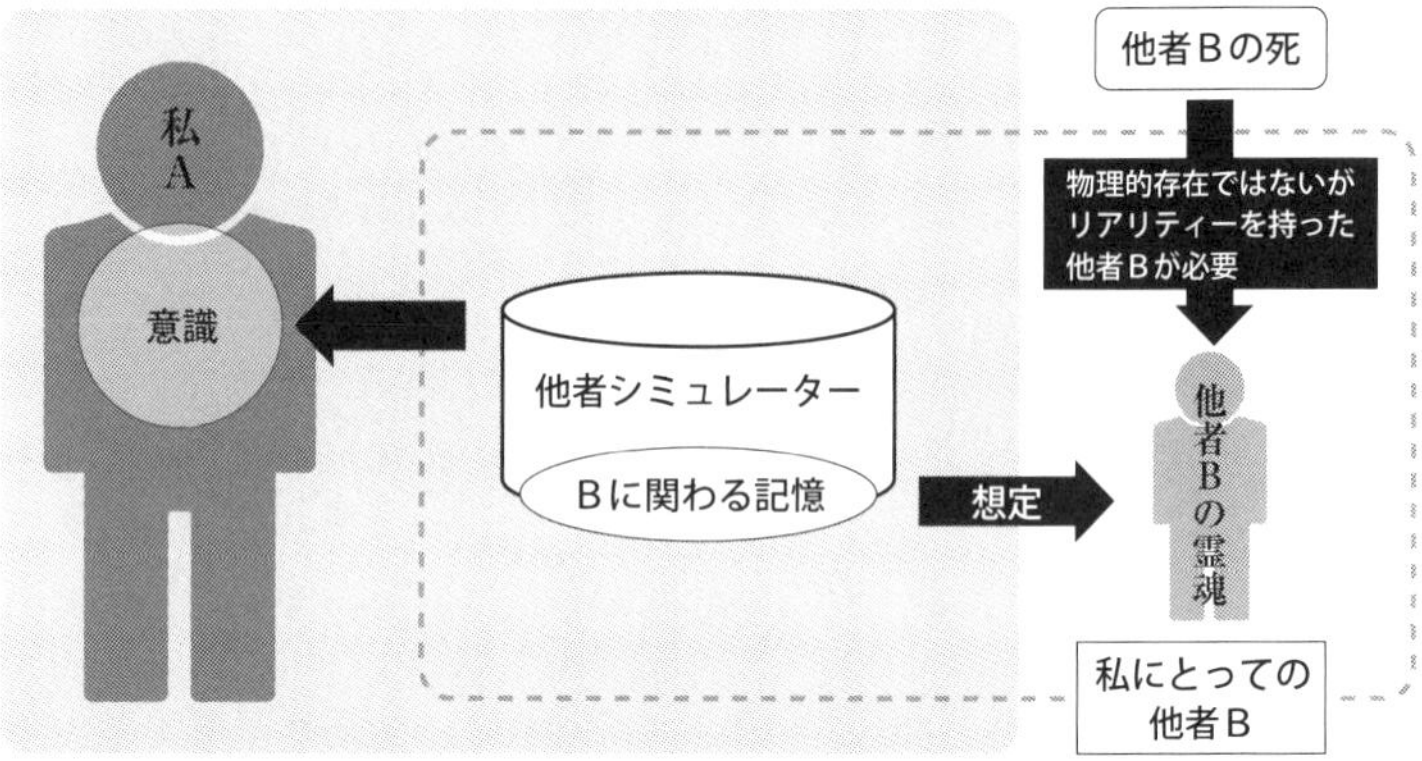

図３　霊魂の起源

私が、Bの存在を私（を含め生きている人間）の外部に想定しないと精神的につらい、あるいは、想定することで生活が豊かになる場合、何が起こるだろうか？　私が、Bを、私の外部のどこかに、Bの生前の姿とは異なる形で想定する（存在させる）ことはおかしなことではない。もし科学的な構え（物理的根拠のないことは信じないというスタンス）がなければ、むしろ想定することの方が自然だろう。そのようにして想定された死後の存在が、霊魂あるいは幽霊だ。なお、Bの死後に、私の中に存在し続ける他者シミュレーター（B向け）は、霊魂とはもちろん言わない。

ところで、Bの死後に、Bの存在を、私を含め生きている人間の〈外部〉に想定するのはなぜか。それはそうすることが、Bの存在が死後も存続するための条件だから。つまり、もし、特定の誰かの中に死後のBを存在させてしまうと、死後のBは生前のようにB以外の人間と独立した存在であり続けることができなくなってしまうからだ。

霊魂の起源は、身近な人が死んだ時に、その存在を外部のどこかにリアリティーを持って存続させたいという想いであって、一旦誰かが霊魂を信じると、霊魂の存在は、霊魂を信じた人の周囲（特に子供たち）に編み込まれ伝搬《でんぱん》し広がっていくと考えられる。

死後の世界

では霊魂はどこに存在することになるか？　選択肢として二つ考えられる。見えないけれどどこの物理的世界の中のどこかに存在するというのが一つ（例えば空の上）。もう一つは、この物理的世界とは別の世界があってそこに存在するというもの。例えば、天国、極楽浄土、地獄、霊界、いわゆるあの世だ。

まず、この世界のどこかに霊魂を存在させる場合、その環境は、居心地が良いにしても悪いにしても現実に体験している環境とそんなには違わない。例えば、空の上だと風通しが良く寒そうではあるが、あくまで物理的環境の枠内だ。もし、私や他者Bにとって、この世界が平和で居心地の良いところであったとしたら、この世界に霊魂を存在させるのは、慣れ親しんだところでもあるし合理的だろう。一方、もしこの世界が理不尽で苦しみに満ちたところだと感じているとしたら、他者Bの霊魂に、この世界に引き続き存在してもらうモチベーションは湧かない。できればこの世界より居心地の良いところに行ってもらいたい。そこで登場するのが、この世界とは別の世界である天国や極楽浄土ではないだろうか。

これまで他者Bは私にとって大切な人である場合を暗黙の前提として話を進めてきたが、もちろん他者Bは悪の権化《ごんげ》のような憎いやつの場合もある。そうなると、霊魂が行くのは天国や極楽浄土だけでは、具合が悪い。地獄の出番だ。ただ、発生の順序から行くと、天国が先で、地獄は後だと思う。霊魂の起源は、大切な他者が死んだ後にもリアルに存在して欲しいということにあるのであって、憎いあいつが死後にもどこかに存在して欲しいということではない（憎いと思い込んでいたが実は愛情の屈折したものだった、といったトリッキーな場合は除いて）。あくまで、大切な他者以外にも霊魂が一般化されていく過程ではじめて、あの憎いやつの霊魂もどこかにリアルに存在するはずだ（が天国では困る）、ということになると考えるのが合理的だ。

神

賢治の童話『銀河鉄道の夜』には、神さまに関わる会話がある。

「もうぢきサウザンクロスです。おりる支度をして下さい。」青年がみんなに云ひました。

「僕も少し汽車へ乗ってるんだよ。」男の子が云ひました。カムパネルラのとなりの女の子はそはそは立って支度をはじめましたけれどもやっぱりジョバンニたちとわかれたくないやうなやうすでした。

「こゝでおりなけぁいけないのです。」青年はきちっと口を結んで男の子を見おろしながら云ひました。

「厭《いや》だい。僕もう少し汽車へ乗ってから行くんだい。」

ジョバンニがこらへ兼ねて云ひました。

「僕たちと一緒に乗って行かう。僕たちどこまでだって行ける切符持ってるんだ。」

「だけどあたしたちもうこゝで降りなけぁいけないのよ。こゝ天上へ行くとこなんだから。」女の子がさびしさうに云ひました。

「天上へなんか行かなくたっていゝぢゃないか。ぼくたちこゝで天上よりももっといゝとこをこさへなけぁいけないって僕の先生が云ったよ。」

「だっておっ母さんも行ってらっしゃるしそれに神さまが仰《お》っしゃるんだわ。」

「そんな神さまうその神さまだい。」

「あなたの神さまうその神さまよ。」

「さうぢゃないよ。」

「あなたの神さまってどんな神さまですか。」青年は笑ひながら云ひました。

「ぼくほんたうはよく知りません。けれどもそんなんでなしにほんたうのたった一人の神さまです。」

(九、ジョバンニの切符)


神といってもいろいろだ。各地の神話に出てくるような、海や山の神(多神教の神ということにする)もあれば、一神教のユダヤ教・キリスト教・イスラム教の神もある。共通する要素もあるが、違いは大きいので、多神教の神と一神教の神は分けて考える。

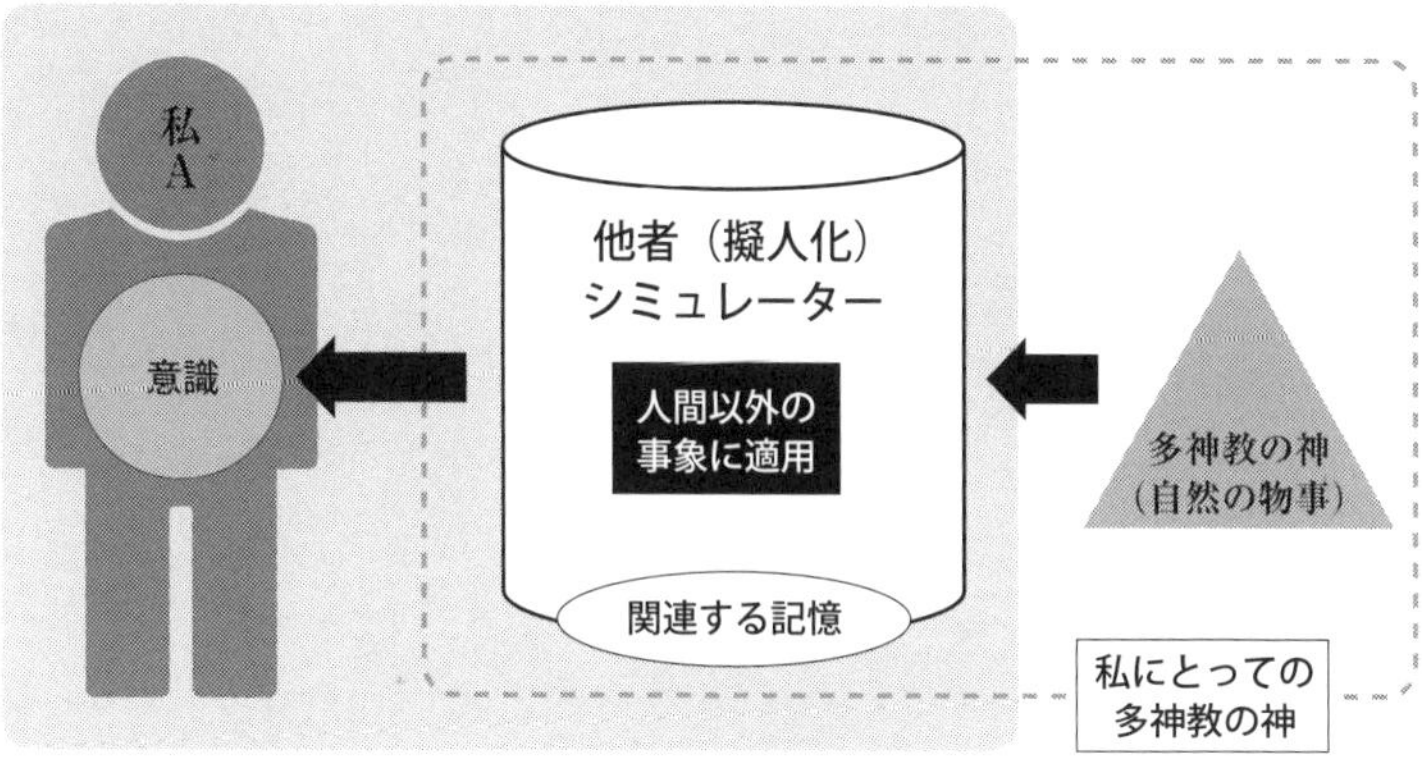

図４　多神教の神

まず多神教の神。その起源は、擬人化だろう。擬人化は、他者シミュレーターが人間以外の対象に向くことで起こる（次節で詳しく説明）。人間は何でも擬人化する性向がある。火山が噴火すれば山の神がお怒りだとか、作物の実りが良いと豊穣の神に感謝しなきゃだとか。そして、人間がちゃんとそういった神の機嫌を損ねないように祈ったり祭りをしたりしてケアすれば、神は酷《ひど》いことはしないし、もしケアを怠れば怒られる。また、神同士で色恋があるし、子供も生まれたりする。つまり、かなり人間の他者と近い形でシミュレーターが動作する。違うのは、神は人間の能力を遥かに超えた力を持っているとの想定だ。

次に、一神教の神。預言者を通して、言葉で、人間にルール遵守《じゅんしゅ》（モーセの十戒等）を要請する人格神だ。ただし、多神教の神のように、ちゃんとケアすればお願いを聞いてくれるというような、それなりに対等のコミュニケーションができる相手ではないらしい（橋爪大三郎著『世界がわかる宗教社会学入門』参照）。つまり、人間には計り知れないのが一神教の神。一神教の神も、元々の起源は多神教の神だったとのことで、当初は他者シミュレーターが問題なく動作していたはず。ところが、唯一絶対の一神教の神、人知を超えた神となったことで、シミュレートするのが格段に難しくなった、というよりも原理的にシミュレートしきれない対象になったと考えられる。――新約聖書（の中のイエスの言行録である福音書）によれば、イエスは、十字架にかけられた後、次のように叫んだ。「わが神、わが神、なぜ私をお見捨てになったのですか」。ここでは、神の子イエスでさえ、神の行動をシミュレートできていない（と素直に読んでよいかは、本章末の「余談」の中で考察する）。

擬人化

賢治は擬人化を多用している。ここでは童話集『注文の多い料理店』からいくつか引用してみる。まず「どんぐりと山猫《やまねこ》」から。擬人化の対象は動植物（どんぐりと山猫）。


やまねこは、ぴんとひげをひねつて言ひました。

「裁判ももうけふで三日目だぞ。い、加減に仲なほりしたらどうだ。」

すると、もうどんぐりどもが、くちぐちに云ひました。

「いえいえ、だめです。なんといつたつて、頭のとがつてゐるのがいちばんえらいのです。」

「い、え、ちがひます。まるいのがえらいのです。」

「さうでないよ。大きなことだよ。」がやがやがやがやがや、もうなにがなんだかわからなくなりました。


（中略）


山猫が一郎にそつと申しました。

「このとほりです。どうしたらい、でせう。」

一郎はわらつてこたへました。

「そんなら、かう言ひわたしたらい、でせう。このなかでいちばんばかで、めちやくちやで、まるでなつてゐないやうなのが、いちばんえらいとね。ぼくお説教できいたんです。」

山猫《やまねこ》はなるほどといふふうにうなづいて、それからいかにも気取つて、繻子《しゆす》のきものの胸《えり》を開いて、黄いろの陣羽織をちよつと出してどんぐりどもに申しわたしました。

「よろしい。しづかにしろ。申しわたしだ。このなかで、いちばんえらくなくて、ばかで、めちやくちやで、てんでなつてゐなくて、あたまのつぶれたやうなやつが、いちばんえらいのだ。」

どんぐりは、しいんとしてしまひました。それはそれはしいんとして、堅まつてしまひました。


次は「水仙月《すゐせんづき》の四日」から。擬人化の対象は自然現象（吹雪）。

「ひゆう、ひゆう、さあしつかりやるんだよ。なまけちやいけないよ。ひゆう、ひゆう。さあしつかりやつてお呉《く》れ。今日はここらは水仙月《すゐせんづき》の四日だよ。さあしつかりさ。ひゆう。」

雪婆んごの、ぼやぼやつめたい白髪《しらが》は、雪と風とのなかで渦になりました。どんどんかける黒雲の間から、その尖《とが》つた耳と、ぎらぎら光る黄金《きん》の眼も見えます。
西の方の野原から連れて来られた三人の雪童子も、みんな顔いろに血の気もなく、きちつと唇を噛《か》んで、お互挨拶《あいさつ》さへも交はさずに、もうつづけざませはしく革むちを鳴らし行つたり来たりしました。もうどこが丘だか雪けむりだか空だかさへもわからなかつたのです。聞えるものは雪婆《ゆきば》んごのあちこち行つたり来たりして叫ぶ声、お互の革鞭《かはむち》の音、それからいまは雪の中をかけあるく九疋《くひき》の雪狼どもの息の音ばかり、そのなかから雪童子《ゆきわらす》はふと、風にけされて泣いてゐるさつきの子供の声をききました。

もう一つ「月夜のでんしんばしら」から。擬人化の対象は人工物（電信柱）。

さつきから線路の左がはで、ぐわあん、ぐわあんとうなつてゐたでんしんばしらの列が大威張りで一ぺんに北のはうへ歩きだしました。みんな六《む》つの瀬戸もののエボレットを飾り、てつぺんにはりがねの槍《やり》をつけた亜鉛《とたん》のしやつぽをかぶつて、片脚でひよいひよいやつて行くのです。そしていかにも恭一をばかにしたやうに、じろじろ横めでみて通りすぎます。

うなりもだんだん高くなつて、いまはいかにも昔ふうの立派な軍歌に変つてしまひました。

「ドツテテドツテテ、ドツテテド、
でんしんばしらのぐんたいは、
はやさせかいにたぐひなし、
ドツテテドツテテ、ドツテテド、
でんしんばしらのぐんたいは、
きりつせかいにならびなし。」

擬人化は、他者シミュレーターが人間ではない物事を対象にした時に生じる。という説明は間違いではないが、多少補足が必要だ。もともとシミュレーター機能（モデル化して予測する機能）は、他者だけを対象にしているわけではない。人間は身の回りの物事についていろいろシミュレーションを行っている。例えば、電車に乗って立っている時、これまでの経験からどの程度の揺れに備えればよいか計算して、立つ位置や立ち方を決めている。ただ、他者を対象とした場合のシミュレーションの複雑さは、他の事物を対象とした場合とは比較にならない。

人間は他者と何らかの関係を持たずには生きていけないが、他者は、自分に危害を加える危ないやつかもしれないし、信頼して協力できる相手かもしれない、何かをきっかけに豹変《ひょうへん》するかもしれない。他者とかかわりを持つ際は、少なくとも安全を確保しながら、どう対応するか、いろいろな選択肢の中から適切なものを選んで実行していく必要がある。だから、高度な他者シミュレーション能力は死活的に重要で、それを実現するのが他者シミュレーターになる。主語述語を備え他者と自在にコミュニケーションできる言語と、その言語を使って思考を巡らすことのできる言語意識を持ったことで、人間の他者シミュレーション機能は画期的にパワーアップしたことは前にも述べたとおり。

喩《たと》えるならば、他者シミュレーターは、対象となる他者がいないか注意を巡らしている時がアイドリング状態で、誰かとすれ違う度に（一瞬で知っている人か記憶と照合したり、危害を加えられそうにないか予測したり）、また会話やSNS等でいろいろ考えながら他者とコミュニケートする時など、対象を捕捉するとギアが入って動作状態になる。ほぼ年中使用しているわけだ。だから、他者シミュレーターを使うことは、ある意味人間のクセになってしまっている。その結果、本来人間を対象にした他者シミュレーターを、クセで人間以外を対象として起動してしまうことが起こる。それが、擬人化だ。

他者シミュレーターは、人間を対象に記憶蓄積された行動・思考パターンを使ってシミュレーションを行うから、人間以外を対象にしても、人間っぽいシミュレーションになるのは当然だ。人間と同様の言語意識を持ち、人間と同様の喜怒哀楽があることが仮定される。現代で最も多く擬人化の対象になるのは、ペットだろう。多くの場合、飼い主にとって、ペットはほぼ人間として存在している。

感情移入

感情移入は、対象となる他者の感情を、他者シミュレーターで推定し、自分の中で感じることだ。当たり前だが、推定した感情と、他者が実際に感じている感情とは、同じというわけではない（厳密には比べようがない）。概して、他者シミュレーターで自分に生じる感情は、実際に他者が感じているのよりも控えめなことが多い。例えば、誰かが転んで骨折するところを見たとする。あっ痛そう、とは思うが、骨折した痛みは少なくとも骨折したことのない人には推測できない。他人の痛みのわかる人間になれ、と言われていることが（この場合は身体ではなく心の痛みですね）、大多数の人にとって、他人の痛みは本人ほどには感じられないことを示唆《しさ》している。

他者への感情移入（他者の感情の推定）の仕組みは、他者シミュレーターに欠かせない要素だ。その意味で、感情移入は、死後の世界や神の存在を想定したり、擬人化を行うことの、出発点と言うこともできる。

賢治の童話『風の又三郎』に、又三郎が感情移入する場面がある。転校生の又三郎（四年生）が通うことになった小学校は全学年が一緒の一クラス。ある日、授業で鉛筆が必要になった時、佐太郎（四年生）は、妹のかよ（三年生）の鉛筆を取ってしまう。

「うわあ兄《あい》な木ぺん取ってわかんないな。」と云ひながら取り返さうとしますと佐太郎が

「わあこいつおれのだなあ。」と云ひながら鉛筆をふところの中へ入れてあとは支那人《しなじん》がおじぎするときのやうに両手を袖《そで》へ入れて机へぴったり胸をくっつけま

した。するとかよは立って来て、

「兄な、兄なの木ぺんは一昨日《をととひ》小屋で無くしてしまったけなあ。よこせったら。」と云ひながら一生けん命とり返さうとしましたがどうしてもう佐太郎は机にくっついた大きな蟹《かに》の化石みたいになってゐるのでたうとうかよは立ったまゝ口を大きくまげて泣きだしさうになりました。すると又三郎は国語の本をちゃんと机にのせて困ったやうにしてこれを見てゐましたがかよがたうとうぼろぼろ涙をこぼしたのを見るとだまって右手に持ってゐた半分ばかりになった鉛筆を佐太郎の眼の前の机に置きました。すると佐太郎はにはかに元気になってむっくり起き上りました。そして「呉《く》れる?」と又三郎にきゝました。又三郎はちょっとまごついたやうでしたが覚悟したやうに「うん」と云ひました。すると佐太郎はいきなりわらひ出してふところの鉛筆をかよの小さな赤い手に持たせました。(九月二日)

又三郎がかように感情移入している様子は、これぞ感情移入という典型的な例だ。特段の説明は不要だろう。

続いて、童話『銀河鉄道の夜』の第八章〔鳥を捕る人〕と九章〔ジョバンニの切符〕

から引用する。


「わっしはすぐそこで降ります。わっしは、鳥をつかまへる商売でね。」

「何鳥ですか？」

「鶴《つる》や雁《がん》です。さぎも白鳥もです。」

（中略）

「鷺はおいしいんですか。」

（中略）

「こっちはすぐ喰べられます。どうです、少しおあがりなさい。」鳥捕りは、黄いろな雁の足を、軽くひっぱりました。するとそれは、チョコレートででもできてゐるやうに、すっときれいにはなれました。

「どうです。すこしたべてごらんなさい。」鳥捕りは、それを二つにちぎってわたしました。ジョバンニは、ちょっと喰べてみて、（なんだ、やっぱりこいつはお菓子だ。チョコレートよりも、もっとおいしいけれども、こんな雁が飛んでゐるもんか。この男は、どこかそこらの野原の菓子屋だ。けれどもぼくは、このひとをばかにしながら、この人のお菓子をたべてゐるのは、大へん気の毒だ。）とおもひながら、やっぱりぽくぽくそれをたべてゐました。

（中略）

「こいつは鳥ぢゃない。たゞのお菓子でせう。」やっぱりおなじことを考へてゐたとみえて、カムパネルラが、思ひ切ったといふやうに、尋ねました。鳥捕りは、何か大へんあわてた風で、「さうさう、ここで降りなけぁ。」と云ひながら、立って荷物をとったと思ふと、もう見えなくなってゐました。

車外を見ると、鳥捕りが舞い降りてくる鷺《さぎ》を次々に捕まえている。

鳥捕りは二十疋《ぴき》ばかり、袋に入れてしまふと、急に両手をあげて、兵隊が鉄砲弾にあたって、死ぬときのやうな形をしました。と思ったら、もうそこに鳥捕りの形はなくなって、却《かへ》って、

「あゝせいせいした。どうもからだに恰度《ちやうど》合ふほど稼《かせ》いでゐるくらゐ、いゝことはありませんな。」といふききおぼえのある声が、ジョバンニの隣りにしました。見ると鳥捕りは、もうそこでとって来た鷺を、きちんとそろへて、一つづつ重ね直してゐるのでした。

（八、鳥を捕る人）

暫くして、車掌が乗客の切符を確認に来る。ジョバンニは、困ってしまうが、ポケットに入っていた紙切れを見せる。

すると鳥捕りが横からちらっとそれを見てあわてたやうに云ひました。
「おや、こいつは大したもんですぜ。こいつはもう、ほんたうの天上へさへ行ける切符だ。天上どこぢゃない、どこでも勝手にあるける通行券です。こいつをお持ちになれぁ、なるほど、こんな不完全な幻想第四次の銀河鉄道なんか、どこまででも行ける筈《はず》でさあ、あなた方大したもんですね。」
「何だかわかりません。」ジョバンニが赤くなって答へながらそれを又畳んでかくしに入れました。

（中略）

ジョバンニはなんだかわけもわからずににはかにとなりの鳥捕りが気の毒でたまらなくなりました。鷺《さぎ》をつかまへてせいせいしたとよろこんだり、白いきれでそれをくるくる包んだり、ひとの切符をびっくりしたやうに横目で見てあわててほめだしたり、そんなことを一一考へてゐると、もうその見ず知らずの鳥捕りのために、ジョバンニの持ってゐるものでも食べるものでもなんでもやってしまひたい、もうこの人のほんたうの幸《さいはひ》になるなら自分があの光る天の川の河原に立って百年つゞけて立って鳥をとってやってもいゝといふやうな気がして、どうしてももう黙ってゐられなくなりました。ほんたうにあなたのほしいものは一体何ですか、と訊《き》かうとして、それではあんまり出し抜けだから、どうしようかと考へて振り返って見ましたら、そこにはもうあの鳥捕りが居ませんでした。

（九、ジョバンニの切符）

ここでは、ジョバンニに、鳥捕りに感情移入したことをきっかけにして、鳥捕りのためなら自分の持っているものはなんでも提供するし、百年続けて鳥を捕るのを助けてもよいという尋常でない強烈な感情が湧き上がっている。鳥捕りは「からだに恰度《ちやうど》合ふほど稼《かせ》いでゐるくらゐ、いゝことはありません」という仕事観の持ち主でそれを実行している。また、鷺をたべさせてくれたり、ジョバンニの切符を見ても嫉妬や羨ましがっている様子はなく、素直にびっくりして賞賛している。要するに鳥捕りは、欲深くなく人が良い、それ以上でも以下でもない。また、鳥捕りとジョバンニのやりとりも、これといって特別なことはない。それなのにこれだけの強い感情が表れる。

これは賢治の作品に特徴的な感情の動きだ。筆者の解釈は次のとおり。

まず、ジョバンニは、欲深さがなくて人が良く地道に仕事をする人は、尊敬に値する、という価値観を持っている。鳥捕りはその意味で尊敬すべき人だ。しかしながら、ジョバンニは、鳥捕りのくれた鳥をお菓子だと思って内心ばかにしてしまったし、カムパネルラはお菓子でしょ、と声にも出した。鳥捕りの、自分の仕事を理解してもらえなかった（鳥を捕るのが仕事で、菓子屋ではない）という寂しい気持ちを、ジョバンニは感情移入して自分の中で感じる。尊敬すべき人を、ばかにして寂しい気持ちにさせてしまったのは、とんでもなく酷いことだから、何としても全力で償《つぐな》わなければいけない。それ自体は取り立てて激しいものではない寂しい気持ちへの感情移入をきっかけにして、ジョバンニの中に強烈な償い・自己犠牲の感情が生成する。

次は、童話『グスコーブドリの伝記』の第三章〔沼ばたけ〕から。

ある秋の日、主人はブドリにつらさうに云ひました。

「ブドリ、おれももとはイーハトーブの大百姓だつたし、ずゐぶん稼《かせ》いでも来たのだが、たびたびの寒さと旱魃《かんばつ》のために、いまでは沼ばたけも昔の三分一になつてしまつたし、来年は、もう入れるこやしもないのだ。おれだけでない、来年こやしを買つて入れれる人つたらもうイーハトーブにも何人もないだろう。かういふあんばいでは、いつになつておまへにはたらいて貰《もら》つた礼をするといふあてもない。おまへも若いはたらき盛りを、おれのとこで暮してしまつてはあんまり気の毒だから、済まないがどうかこれを持つて、どこへでも行つてい〻運を見つけてくれ。」そして主人は一ふくろのお金と新らしい紺で染めた麻の服と赤革の靴とをブドリにくれました。ブドリはいままでの仕事のひどかつたことも忘れてしまつて、もう何にもいらないから、こ〻で働いてゐたいとも思ひましたが、考へてみると、居てもやつぱり仕事もそんなにないので、主人に何べんも何べんも礼を云つて、六年の間はたらいた沼ばたけと主人に別れて停車場をさして歩きだしました。

（三、沼ばたけ）

主人はブドリに対して、気の毒で済まないという気持ちを持っている。ブドリは、主人に感情移入してその気持ちを自分の中で感じる。すると、『銀河鉄道の夜』のジョバンニほどではないが、ブドリには、感情移入をきっかけに、強い償い・自己犠牲の感情が生成する。

最後に、童話『ポラーノの広場』から。この童話は、前にモリーオ市博物局に勤めていたキュースト がその頃のことを思い出して書き記したもの、という体裁を取っている。キューストが出張で泊まるホテルで、給仕が部屋に扇風機を持って来る約束をする。

　ところが、間もなく隣りの室で、給仕が客と何か云ひ争ってゐるやうでした。それが仲々長いし烈《はげ》しいのです。私は暑いやら疲れたやら、すっかりむしゃくしゃしてしまひましたので、今のうち一寸《ちょっと》床屋へでも行って来ようと思って室を出ました。そして隣りの室の前を通りかゝりましたら、扉《と》が開け放してあって、さっきの給仕がひどく悄気《しょげ》て頭を垂れて立ってゐました。向ふには、髪もひげもまるで灰いろの、肥《ふと》ったふくろふのやうなおぢいさんが、安楽椅子《あんらくいす》にぐったり腰かけて、扇風機にぶうぶう吹かれながら、

「給仕をやってゐながら、一通りのホテルの作法も知らんのか。」と頰《ほほ》をふくらして給仕を叱《しか》りつけてゐました。私は、ははあ扇風機のことだなと思ひながら、

苦笑ひをしてそこを通り過ぎようとしますと、給仕がちょっとこっちを向いて、いかにも申し訳けないといふやうに眼をつぶって見せました。私はそれですっかり気分がよくなったのです。そして、どしどし階段を踏んで、通りに下《お》りました。

（五、センダード市の毒蛾《どくが》）

給仕がキュースト の部屋に扇風機を持って来れず申し訳なさそうな顔をしたのを見て、キュースト は気分が良くなっている。ジョバンニとブドリの場合は、自分のことで相手が申し訳ないと感じているところに感情移入することがきっかけで、償いの感情が湧くが、キュースト の場合はそういうことは起こらない。実は、役所勤めのキュースト は、『ポラーノの広場』という童話の中で、その話自体を記した者という重要な役割が与えられているものの、後に三章で述べるように、童話に表れている理想を体現しているという意味での主人公ではないと考えられる。

以上の例からわかるのは、今引用した賢治の四つの長編童話（風の又三郎、銀河鉄道の夜、グスコーブドリの伝記、ポラーノの広場）のうち、『ポラーノの広場』を除くと、残りの三つの童話の主人公の少なくとも二人は、自分が原因で、誰かを気落ちさせてしまった時に、感情移入を起点にして強い償い・自己犠牲の感情（気落ちの程度と全く釣り合わない大きな感情）が湧くタイプの人物だということ。具体的には、『銀河鉄道の夜』のジョバンニと『グスコーブドリの伝記』のブドリ。また、『風の又三郎』には、第三者の視点で描かれた又三郎の内面描写はないので、又三郎の心の動きは明確にはわからないものの、又三郎は、かよがぼろぼろ涙をこぼしたのを見ると、自分がその場で持っている唯一の鉛筆を、かよの鉛筆を横取りした佐太郎の机上に差し出す。この場面で、ジョバンニやブドリと同様に、又三郎に感情移入を起点にして強い自己犠牲の感情が湧いていることは十分に推測できる。

ごく日常的とも言える感情移入が、激しい償い・自己犠牲の感情の奔出に繋がるという心の動きの描写は、賢治の作品の著しい特徴だ。

余談　宗教あれこれ

宮沢賢治は、仏教（法華経）を信仰していたと言われている。筆者は信仰を持たないが、関心はあるので、宗教に関わる本はいくつか読んでいる。

歎異抄（全訳注　梅原猛　講談社学術文庫）

歎異抄（たんにしょう）は、浄土真宗の祖である親鸞の弟子唯円《ゆいえん》が書いた親鸞の言行録。まとめると、ざっくり次のようなことが書いてある。

阿弥陀仏の、皆を往生させる（＝仏に生まれ変わらせる）という慈悲を信じ感謝して念仏を唱えれば往生できる。悪人でももちろん往生できる。なぜなら、人は、ふと何か暗い運命に左右されるとき、どんな悪業でも平気でしてしまうものなのだから。なお、念仏を信じるのも信じないのも皆さん次第。

歎異抄を読む限り、親鸞の関心は、生きるために殺生をしなければならなかったり、悔やみきれないことをしてしまったり、不条理な悲劇に遭った人々の、心のケアにある。だから、他者・社会との関係やルールといったことはスコープ外で、個人の心に閉じた問題のみ扱っている。つまり、個人の心の救済が目的だ。

メンタルケアの方法として、カウンセリングがある。昔はどうだったかと言うと、一般的には僧侶・神官がカウンセラーだったのだと思う。では、今は心療内科や精神科でカウンセリングを受けられるから、親鸞のような個人の心の救済の教えは不要ということになるだろうか。そう簡単な話ではないだろう。なぜか。

カウンセリングと親鸞の教えの本質的な違いは、前者はあくまでこの世界の中で解決を図るのに対し、後者はこの世界にはない非現実の（といっても当事者にとってはリアルな）存在が、解決の鍵になること。言い方を変えると、ケアが必要な人が、とりまく状況を捉え直し最終的に自分を承認するのをリードするのが、他者（自分と同じ人間）なのかスーパーパワーを持つ超越的存在（阿弥陀仏等）も含むのかという違いだ。

ケアが必要な人の性格によるが、信頼できる他者（カウンセラー）単独のリードよりも、信頼できる他者（親鸞・僧侶）＋超越的存在（阿弥陀仏・神）の組み合わせによる複合リードの方が安心できると感じる人がいること、つまり、親鸞のような教えを必要とする人がいることは十分に想定できる。科学的な構え（物理的根拠のないことは信じないというスタンス）を持っていないあるいは強固ではない人は、超越的存在に対するハードルは低い。なんでこんな目に遭わなきゃいけないの？といった不条理の感覚に対して、物理的世界はその真意を説明してくれない（物理的世界は、ただそうなっているというだけで、存在理由や意味はないから）。だから、物理的世界のロジックだけでは居心地が良くない人が、非現実のスーパーパワーの存在（という物語）を信じることで、一気に不条理感を解消することの合理性は否定できない。

個人の心の救済という観点で、親鸞のような教えは、現代でも有効なケア方法となり得る場合があり、一概に不要とは言えない。

聖書（聖書協会共同訳　日本聖書協会）

イエスの教え（新約聖書の中の福音書の部分）は、親鸞の教えにない「心を尽くし、魂を尽くし、思いを尽くして、あなたの神である主を愛しなさい」「隣人を自分のように愛しなさい」といった神に対するルール遵守の要請がある。

さらに、その要請のスコープには、他者（隣人）が入ってくる。ここではまず、イエスと親鸞二人の教えの似たところと違うところを整理してみる。

「もし、人の過ちを赦すなら、あなたがたの天の父もあなたがたをお赦しになる」

「私に向かって『主よ、主よ』と言う者が皆、天の国に入るわけではない。天におられる私の父の御心を行う者が入るのである」

「心を入れ替えて子どものようにならなければ、決して天の国に入ることはできない」

「もし片方の目があなたをつまずかせるなら、えぐり出しなさい。両目がそろったままゲヘナに投げ込まれるよりは、一つの目になって神の国に入るほうがよい」

　このように、天の父（＝神）は、あなたが神の国（＝天の国）に入るか、ゲヘナ（＝地獄）に投げ込まれるかを決めるスーパーパワーを持っている。阿弥陀仏が往生させてくれるのと同じだ。ただ、阿弥陀仏の慈悲を信じれば必ず往生できるが、天の国に入るかどうかの線引きは明確ではない。

今出てきた「人の過ちを赦《ゆる》す」という点。これに関連して、イエスは次のような話もしている。「敵を愛し、迫害する者のために祈りなさい」「人が犯す罪や冒瀆は、どんなものでも赦される」これらは、親鸞の「悪人でももちろん往生できる。なぜなら、人は、ふと何か暗い運命に左右されるとき、どんな悪業でも平気でしてしまうものなのだから」という話と近いことを言っている。両者の差分で目立つのは、親鸞の場合、なぜ悪人が往生できるのか、その理由を、人は自分の意思決定や行動を意識的にコントロールできているわけではないからと明確に語っているのに対し、イエスにはそういった発言は見当たらないこと。ただしそれに関連して、福音書には、悪霊の話が随所に出てくる。例えば、「悪霊に取りつかれた者が二人、墓場から出て来て、イエスに会った。（中略）イエスが、「行け」と言われると、悪霊どもは二人から出て、豚の中に入った。すると、豚の群れはみな崖を下って湖になだれ込み、水に溺れて死んだ」ここで、悪霊の入った豚は、自分たちをコントロールできず、集団自殺してしまう。だから、イエスは、悪人が悪を成すのは、悪霊のせいで、悪人自身は自分の意思決定や行動をコントロールできていたわけではない、と考えていた可能性は十分ある。つまり、親鸞と違ってイエスは、人は自分の意思決定や行動を意識的にコントロールできているわけではないと明確に語ってはいないが、それを悪霊の仕業とすることで、結果的に、両者は同じような境地にあったとも考えられる。

一方、二人の教えで大きく異なるのが、ルール遵守を要請しているかどうかだ。親鸞は何もルールは課さない。「念仏を信じるのも信じないのも皆さん次第」だ。これに対し、イエスは、律法（モーセの十戒等）の中で、どの戒めが最も重要かと問われ、「心を尽くし、魂を尽くし、思いを尽くして、あなたの神である主を愛しなさい」「隣人を自分のように愛しなさい」の二つだと答えている。

特に二つ目の、隣人を自分のように愛しなさいというルール。親鸞の場合、悪人も往生できるとは言うが、他者（悪人含む）や社会に対しては、一切関与を要請しない。徹底して、個人の心の救済を目指した教えである。一方、イエスは、他者の中の悪人（隣人にも悪人はいる）も自分のように愛しなさいと要請する。ここで、愛するということの意味が問題になるが、「敵を愛し、迫害する者のために祈りなさい」「人が犯す罪や冒瀆は、どんなものでも赦される」といったイエスの言葉を踏まえると、実質、悪人といっても悪霊にコントロールされているだけなのだから悪人も赦して大事にしなさい、ということだろう。親鸞の教えと異なり、他者との関わり方を教えの根幹に据え、生き難い社会での、個人の心の救済と社会変革をセットにしているのがイエスの教えだ。

ここまで、福音書に書いてあるイエスの言行を見てきたが、神の子であるイエス・キリスト（救世主）の死によって、全ての人々の罪は贖《あがな》われた、というキリスト教の教義はイエスの言行には出てこない。イエスの死後に使徒パウロによって確立されたものだ。この教義を聞いてどういう印象を持つだろうか？　思い出すのは、世界各地にある生贄《いけにえ》の習慣だ。例えば、神に山羊を生贄として捧げることで、イスラエルの人々の汚れを贖うという記述が旧約聖書のレビ記にもある。筆者が推測する、イエス・キリストの死と贖罪《しょくざい》の物語の成立の流れは以下のとおり。

パウロはまず、イエスが、人々の罪を贖うために、生贄として十字架にかかったという物語を、イエスの死後に発想した。しかし、普通の一人の人間が生贄になったとしても、それで人々の罪が贖われるというのは物語として無理がある。そんな超越的な力は一人の人間にはない。人間が生贄にされた事例はそれまでにもあっただろう。そこで、パウロは、神の子イエスという表現が使われてきている（福音書にもある）ことを思い出す。神の子イエスが、神への生贄となり、人々の罪を贖うという物語の誕生だ。

ここまで物語を組み立てた時、問題になってくるのが、十字架につけられた後のイエスの以下の叫びの解釈である。「わが神、わが神、なぜ私をお見捨てになったのですか」。なお、ここからは暫く、パウロがこの問題をどう見たかは横に置いて考察を進める。

もし、神の子イエス自身、生贄になり人々の贖罪を行うことを自覚していたという前提に立つと、神が見捨てるという表現は合わない。神が見捨てないで、死ぬ前に助けたら、生贄にならない。逆に、神の子イエスが、自分が生贄になることを自覚していなかったとしたらどうだろう。その場合、全能の神は自らの意思で、神の子イエスを生贄にしているのだから、神と神の子イエスの間で生贄となることについて認識の齟齬《そご》が生じている。そうすると、神と神の子は一体ではないことになる。それでも構わないということかもしれないが、神の子イエスが、生贄であることを自覚していないと、どうしても物語としてインパクトに欠けてくる。神の子イエスが人々の罪を贖うために、自ら生贄となることを決断するという、自己犠牲の姿勢が人々の心を震わせるのであって、神の子イエスが生贄である自覚を持たず、ただ単に苦しめられ殺されるのでは、それほどありがたい話には聞こえない。ではイエスの叫びをどう理解するのが合理的か？

まず、現実の人間としての生身のイエスは、生贄になるという意志はなく、徐々に追い詰められて十字架にかかったが、誰もイエスを助けようとせず、これではただの犬死にだと感じて、なぜ見捨てたのかと叫んだ。一方、物語での神の子としてのイエスは、人々の罪を贖うため自ら進んで生贄となって、人間の肉体を持つ者として苦しみ、その苦しみがあまりに酷く、精神錯乱して、なぜ見捨てたのかと叫んだ。つまり、なぜ見捨てたのですか、という叫びは、神の子イエスの苦しみが、正気を失わせるほど激しいものだったということ。そんな酷い苦しみを、生贄となることで引き受けたのだからこそ、神の子イエスは人々の罪を贖うことができるのだ、という解釈が合理的でかつ感動的なように思う。

実は、新約聖書の中にあるパウロのローマの信徒への手紙には「イエスは、私たちの過ちのために死に渡され、私たちが義とされるために復活させられたからです」と、償いのスキームを神が起動したようなニュアンスがある。神が全てをコントロールしているという視点では確かにそうだが、神自身が神の子による贖いを発動したというのでは、前述したようにイマイチだ。神の子イエスが自発的に生贄になることを起動した（それは神の意志でもある）とすることで、その上さらに、神の子イエスは正気を失って「わが神、わが神、なぜ私をお見捨てになったのですか」と叫んだと解釈することで、物語は、聞く者・見る者・読む者の心に突き刺さり、説得力が大幅にアップするように思うが、どうだろうか。なお、自己犠牲は、宮沢賢治の作品の随所に表れるテーマである。

意識と本質 (井筒俊彦著 岩波文庫)

この本では、いろいろな東洋思想を深層意識の観点で分析している。その中に、『対話と非対話――禅問答についての一考察――』という、国際シンポジウムでの英語による講演の翻訳があり、ざっくり次のようなことが書いてある。

禅の立場からすると、人間は言葉の奴隷だ。人間は喋っているうちに、意識しないで、習慣の力で、つい自分の喋る言語の意味的枠組(認識パターン)に従ってものを見、ものを考えるようになっていく。これは「現実」の歪曲である。禅の修行の第一段階は、言語のもたらす一切の意味的区分けの出てくる以前の状態(絶対無分節状態)における「現実」(禅では空とか無とか言う)を直接味得できるようになること。言い方を変えると、人間の意識構造を根本的に錬りなおして、かくれていた認識能力の扉をひらき、事物の真相を掴むことができるようになること。そのための修行方法が坐禅。

坐禅で観想状態が深まると、事物が相互に浸透し合い、最終的には、言語がその意味的分節機能を完全に停止した状態、大乗仏教で空、禅でよく無という状態になる。しかし、この無の境地は、まだ禅の究極するところではない。この絶対無分節の無は、自分自身を分節せずにはいられない（これも禅の体験的事実）。禅の観想的意識は、この無から具体的事物事象の世界が現れるまでの全行程、つまり、無から、名もないものが、自らを名付けていく過程を、くまなく辿るべく定められている。

ここまで来ると、表面的には、元の世界に戻るように見えるが、実は無を経由する前後で世界は異なっている。最初の段階では、世界にはいろいろなものがあって、それぞれのものがその名前で示される独特の「本質」をそなえた独立の存在者として現れていたのに対し、後の段階では、同じそれらのものが全て無、絶対無限定者としての「一者」の顕現形態として覚知される。そこでは、事物事象の各々が「一者」そのものの存在的エネルギーの発露であり、一切のものがそれぞれ「一者」それ自体である。また、私も、「一者」の自己提示である。この微妙な事態を指示するため、禅ではよく「われ山を見、山われを見る」というような言表を用いる。

筆者なりに言い換えれば、禅とは、まず言語の編み込みの無い状態、つまり生まれたばかりの赤ちゃんが世界を見るのと同じような状態に坐禅による観想で達し、その後で、世界が無分節の無（「一者」）から名前とともに分節していく過程を辿って、一切のものが「一者」それ自体であることを覚知し、事物の真相を掴むことだ。理論としては理解できる。

ところで、禅には、阿弥陀仏や神のようなスーパーパワーを持った非現実の存在は出てこない。そもそも、禅は、個人の心の救済とか社会変革を目指していない。バイアスのかからない曇りのない目で「現実」を捉えるのが目的のようだ。曇りのない目は、物事の通常の意味付けをリセットしないと得られない。坐禅をすると実際何が起こるのか、一度は禅の修行をしてみたいと思う。

二章　無用な殺生

無用な殺生

賢治には、飽食のために不必要な殺生をしてしまった生物が登場する『洞熊《ほらくま》学校を卒業した三人』という童話がある。まず、蜘蛛。

それからは蜘蛛は、もう一生けん命であちこちに十も網をかけたり、夜も見はりをしたりしました。ところが諸君困ったことには腐敗したのだ。食物があんまりたまって、腐敗したのです。そして蜘蛛の夫婦と子供にそれがうつりました。そこで四人《よったり》は足のさきからだんだん腐れてべとべとになり、ある日たうとう雨に流れてしまひました。

（一、蜘蛛はどうしたか。）

次になめくじ。なめくじは、やってきたかたつむりを食べ、とかげを食べ、途方もなく大きくなる。蛙がきて、相撲を取ることになり、蛙は土俵に塩をまく。なめくじが、投げつけて動かなくなった蛙を食べようと近づく。

「あ、やられた。塩だ。畜生。」となめくぢが云ひました。

蛙《かえる》はそれを聞くと、むっくり起きあがってあぐらをかいて、かばんのやうな大きな口を一ぱいにあけて笑ひました。そしてなめくぢにおじぎをして云ひました。

「いや、さよなら。なめくぢさん。とんだことになりましたね。」

なめくぢが泣きさうになって、

「蛙さん。さよ……。」と云ったときもう舌がとけました。

（二、銀色のなめくぢはどうしたか。）

そして狸。狸は彼の祈祷を聞きにきた兎を食べ、籾《もみ》三升を持って説経を聞きにきた狼を食べ、籾も風呂敷ごと呑み込んでしまう。

ところが狸は次の日からどうもからだの工合《ぐあひ》がわるくなった。どういふわけか非常に腹が痛くて、のどのところへちくちく刺さるものがある。

はじめは水を呑んだりしてごまかしてゐたけれども一日一日それが烈《はげ》しくなってきてもう居ても立ってもゐられなくなった。たうとう狼をたべてから二十五日めに狸はからだがゴム風船のやうにふくらんでそれからボローンと鳴って裂けてしまった。

林中のけだものはびっくりして集って来た。見ると狸のからだの中は稲の葉でいっぱいでした。あの狼の下げて来た籾が芽を出してだんだん大きくなったのだ。

（三、顔を洗はない狸。）


飽食のため無用な殺生をした蜘蛛、なめくじ、狸は、例外無く、死ぬ。無用な殺生に対する明確なノーだ。

さらに賢治には、飽食のためではなく、生きるためせざるを得ない殺生について書いている童話もある。まず『なめとこ山の熊《くま》』。猟師の小十郎が、木を登っている熊を見つけ、銃を構えて近づいて行くと、熊が叫ぶ。

「おまへは何がほしくておれを殺すんだ。」

「あゝ、おれはお前の毛皮と、肝《きも》のほかにはなんにもいらない。それも町へ持って行ってひどく高く売れると云ふのではないしほんたうに気の毒だけれどもやっぱり仕方ない。けれどもお前に今ごろそんなことを云はれるともうおれなどは何か栗かしだのみでも食ってゐてそれで死ぬならおれも死んでもいゝやうな気がするよ。」

「もう二年ばかり待って呉れ、おれも死ぬのはもうかまはないやうなもんだけれども少しし残した仕事もあるしたゞ二年だけ待ってくれ。二年目にはおれもおまへの家の前でちゃんと死んでゐてやるから。毛皮も胃袋もやってしまふから。」


猟師の小十郎は、獲物の熊が気の毒で、殺生をできれば避けたいと思っているが、生活のためやむを得ずやっている。一方、熊は、小十郎が生きていくのにどうしても必要なら殺されるのはしょうがないと考える。つまり、無用な殺生はしない（小十郎）、殺す側の生存に繋がる死なら受け入れるのはやぶさかでない（熊）という考え方だ。

注目したいのは、一章で見た、感情移入を起点にした強い償い・自己犠牲の感情の奔出がここでも表れていることだ。小十郎は、熊から、殺すのは何のためだと問われ、熊に感情移入して熊を気の毒に思い、結果として、熊を殺さず貧困の中で死んでもいいと贖罪・自己犠牲の感情が溢れる。熊の方も、小十郎が申し訳なく思っていることに感情移入した結果、やはり死ぬのはかまわない、と自己犠牲の感情が表れる。

続いて『銀河鉄道の夜』（九、ジョバンニの切符）から引用。一章で、サウザンクロス駅で降りようとしていた女の子とジョバンニとの汽車の中での会話。

「蝎いゝ虫ぢゃないよ。僕博物館でアルコールにつけてあるの見た。尾にこんなかぎがあってそれで螫《さ》されると死ぬって先生が云ったよ。」
「さうよ。だけどいゝ虫だわ、お父さん斯《か》う云ったのよ。むかしのバルドラの野原に一ぴきの蝎がゐて小さな虫やなんか殺してたべて生きてゐたんですって。するとある日いたちに見附かって食べられさうになったんですって。さそりは一生けん命遁《に》げて遁げたけどたうとういたちに押へられさうになったわ、そのときいきなり前に井戸があってその中に落ちてしまったわ、もうどうしてもあがられないでさそりは溺《おぼ》れはじめたのよ。そのときさそりは斯う云ってお祈りしたといふの、
あゝ、わたしはいままでいくつのものの命をとったかわからない、そしてその

私がこんどいたちにとられようとしたときはあんなに一生けん命にげた。それでもたうとうこんなになってしまった。あゝなんにもあてにならない。どうしてわたしはわたしのからだをだまっていたちに呉れてやらなかったらう。そしたらいたちも一日生きのびたらうに。どうか神さま。私の心をごらん下さい。こんなにむなしく命をすてずどうかこの次にはまことのみんなの幸のために私のからだをおつかひ下さい。って云ったといふの。そしたらいつか蝎はじぶんのからだがまっ赤なうつくしい火になって燃えてよるのやみを照らしてゐるのを見たって。いまでも燃えてるってお父さん仰《おっしゃ》ったわ。ほんたうにあの火それだわ。」

蝎《さそり》は、井戸で溺れて無駄死にするぐらいなら、いたちが一日でも生き延びられるよう、いたちに食べてもらう方が良かったと考える。食べる側のいたちの栄養状態は描写されていないが、食べられる側の蝎は、自分がいたちに食べられたら「いたちも一日生き延びたらう」と仮定している。ここでも、無用な殺生はしない、無駄死にはしない（死ぬなら誰かの生存に繋がる死を望む）、という考え方が示されている。

無用な殺生をしない、という言明を言い換えれば、殺生するならそれが誰かの役に立つように、かつできるだけ少なく行う、ということである。これを殺生される側の視点に裏返して書くと、もし死ななくてはならないのならば、誰かの生に繋がる（救う）死を望む、ということになる。その意味で、無用な殺生はしない、無駄死にしないは、ワンセットの考えだ。人間が無用な殺生をしないようにする、という考えは、生態系のバランス崩壊をいかに回避するかという、現在世界が直面している人類の存続に関わる課題への対処に繋がり、現代でも全く違和感のない尤《もっと》もなものだ。人間が殺生し過ぎて（環境破壊が間接的に殺生に繋がる場合も含む）、殺される対象の生物が回復不能なまでに減少し絶滅した例が多々あることは周知のとおり。

ところで、『なめとこ山の熊《くま》』では、小十郎と熊は、お互い感情移入を起点とした自己犠牲の感情が表れていることを見た。また、『銀河鉄道の夜』では、蝎が「まことのみんなの幸のために私のからだをおつかひ下さい」と言うとき、単に特定の誰かの役に立つ自己犠牲ということに留まらず、不特定多数のみんなが無事生き延びられるようにと、役に立つ対象を〈みんな〉に拡大した幸いが表明されている。これら自己犠牲とみんなの幸いは、無用な殺生とは異なる範疇に属するテーマなので、改めて3章で考察する。

差別と虐待

賢治には、差別や虐待を描いた童話がある。まず虐待の例として童話『オツベルと象』を取り上げる。オツベルは、新式稲扱器械《いねこき》を建屋に設置して事業をしている。ある日そこに白象がやって来る。オツベルが象に、ここが面白いならずっとここに居てもいいと提案すると、象は迷わず快諾する。オツベルは象を言いくるめて足枷《あしかせ》を付ける。最初の頃、象はオツベルに依頼された仕事をして「ああ、稼《かせ》ぐのは愉快だねえ、さつぱりするねえ」と呟いている。しかしオツベルは徐々に指示する作業を増やし、その一方で餌の藁《わら》を減らしていく。

ある晩、象は象小屋で、ふらふら倒れて地べたに座り、藁《わら》もたべずに、十一日の月を見て、

「もう、さやうなら、サンタマリア。」と斯《か》う言つた。

「おや、何だつて？　さよならだ？」月が俄《には》かに象に訊《き》く。

「えゝ、さよならです。サンタマリア。」

「何だい、なりばかり大きくて、からつきし意気地のないやつだなあ。仲間へ手紙を書いたらいゝや。」月がわらつて斯う云つた。

（中略）

象が頭を上げて見ると、赤い着物の童子が立つて、硯《すずり》と紙を捧《ささ》げてゐた。象は早速手紙を書いた。

（中略）

赤衣の童子が、さうして山に着いたのは、ちやうどひるめしごろだつた。このとき山の象どもは、沙羅樹《さらじゆ》の下のくらがりで、碁《ご》などをやつてゐたのだが、額をあつめてこれを見た。

「ぼくはずゐぶん眼にあつてゐる。みんなで出てきて助けてくれ。」

象は一せいに立ちあがり、まつ黒になつて吠《ほ》えだした。

「オツベルをやつつけよう」議長の象が高く叫ぶと、

「おう、でかけよう。グララアガア、グララアガア。」みんながいちどに呼応する。

（中略）

さあ、オツベルは射《う》ちだした。六連発のピストルさ。ドーン、グララアガア、ドーン、グララアガア、ドーン、グララアガア、ところが弾丸《たま》は通らない。牙《きば》にあたればはねかへる。

（中略）

五匹の象が一ぺんに、塀からどつと落ちて来た。オツベルはケースを握つたまま、もうくしやくしやに潰《つぶ》れてゐた。

（第五日曜）

白象を虐待したオツベルは、仲間の象に殺される。虐待に対する断固としたノーだ。仲間の象は、白象からの手紙を読み、白象に感情移入した結果、まっ黒になつて吠えだした。

続いて差別の例を、『銀河鉄道の夜』から引用する。一章で引用した、鳥捕りの話の続きの部分。

「あの人どこへ行ったらう。」カムパネルラもぼんやりさう云ってゐました。
「どこへ行ったらう。一体どこでまたあふのだらう。僕はどうしても少しあの人に物を言はなかったらう。」
「あゝ、僕もさう思ってゐるよ。」

「僕はあの人が邪魔なやうな気がしたんだ。だから僕は大へんつらい。」ジョバンニはこんな変てこな気もちは、ほんたうにはじめてだし、こんなこと今まで云ったこともないと思ひました。

（九、ジョバンニの切符）

ジョバンニは、何もひどいことをしていない鳥捕りを、心の中で馬鹿にし〈邪魔に思う〉ことで差別してしまった。ジョバンニは差別したことを大へんつらい、と感じている。してはいけないことをしてしまったという強い悔恨の念。差別は否定されている。一章で述べたことを繰り返すと、ジョバンニは、鳥捕りのくれた鳥をお菓子だと思って内心ばかにしてしまったし、カムパネルラはお菓子でしょ、と声にも出した。鳥捕りの、自分の仕事を理解してもらえなかった（鳥を捕るのが仕事で、菓子屋ではない）という寂しい気持ちを、ジョバンニは感情移入して自分の中で感じる。欲深くなくて人が良く地道に仕事をする人を、ばかにして寂しい気持ちにさせてしまったのは酷いことなので、全力で償わなければいけない。相手の寂しい気持ちへの感情移入をきっかけにして、ジョバンニの中に、鳥捕りのためなら「百年つゞけて立って鳥をとってやってもいゝ」という強烈な償い・自己犠牲の気持ちが生じたのだった。そしてその後で、ジョバンニは、鳥捕りを〈邪魔に思ってしまった〉ことを思い出し、大へんつらい、と感じる。なおここで注意したいのは、このつらい気持ちは、差別（による虐待）を受けた鳥捕りへの感情移入から生じたものではないことだ。ジョバンニは、心の中で差別感情を抱いただけで、それを実際に鳥捕りにぶつけてはいない。起点になっているのは、鳥捕りを馬鹿にして寂しい気持ちにさせてしまったことへの感情移入だが、それに輪をかけて鳥捕りを内心邪魔に思うことで差別してしまったことに気づき、それがブースターの役割を果たして大へんつらいという強い感情が湧いてくる、という流れだ。

次は、差別と虐待の両方の描写のある、童話『猫《ねこ》の事務所』から。あるところに、猫の歴史と地理の調査を主な業務とする猫の事務所がある。事務長は黒猫。書記が一番から四番までいて、竈猫《かまねこ》は末席の四番。竈猫は、かまどの中でしか寝られないという癖のため、体が煤《すす》けている猫のことで、他の猫から嫌われている。ある日竈猫は風邪を引いて足の付け根を腫らして歩けず仕事を一日休んでしまう。するとその日他の書記たちは竈猫について根拠の無い悪い噂を事務長に吹き込み、事務長はそれを信じてしまう。翌日、腫れのひいた竈猫が事務所に行くと、他の書記のみならず事務長までも竈猫を無視する。

そしておひるになりました。かま猫は、持つて来た弁当も喰べず、じつと膝《ひざ》に手を置いてうつむいて居りました。

たうとうひるすぎの一時から、かま猫はしくしく泣きはじめました。そして晩方まで三時間ほど泣いたりやめたりまた泣きだしたりしたのです。

それでもみんなはそんなこと、一向知らないといふやうに面白さうに仕事をしてゐました。

その時です。猫どもは気が付きませんでしたが、事務長のうしろの窓の向ふにいかめしい獅子《しし》の金いろの頭が見えました。

獅子は不審さうに、しばらく中を見てゐましたが、いきなり戸口を叩《たた》いてはひつて来ました。猫どもの愕《おど》ろきやうといつたらありません。うろうろうろうろそこらをあるきまはるだけです。かま猫だけが泣くのをやめて、まつすぐに立ちました。

獅子が大きなしつかりした声で云ひました。

「お前たちは何をしてゐるか。そんなことで地理も歴史も要《い》つたはなしでない。やめてしまへ。えい。解散を命ずる」

かうして事務所は廃止になりました。
ぼくは半分獅子に同感です。

竈猫は、身体的な特徴が理由で、猫の同僚から差別され精神的な虐待を受けている。最後に、猫族ではなく、圧倒的な権力を持つ獅子が現れ、事務所を廃止する。語り手は、半分獅子に同感する。ここでは、少なくとも、差別・虐待は否定されている。ただその否定のし方について、この作品にはいくつか含みがある。まず、どうして獅子が出てこなければならないのか。人間社会を考えた場合、差別・虐待を解決するのは人間である。獅子の登場は、差別・虐待を、人間が解決することの原理的な難しさ（人間は、自分が有利に生き延びるため、都合の良くない他者を色分けし排除する差別性向と、自分の強さ優位性を弱いものを相手に確認することで気持ちが高ぶる虐待性向がプログラムされている）を暗示しているのだろうか。獅子の登場をどう捉えるか論理的な推論は困難だ。この点は読み手それぞれの解釈次第。

二つ目は、なぜ猫の事務所は廃止なのか。利用者の利便にかなう事務所は廃止せず、スタッフを入れ替えることで対処するのが合理的だ。だが、獅子は「そんなことで地理も歴史も要《い》ったはなしでない」と事務所の仕事（猫の歴史と地理の調査）は要らないと言う。そんなこと、とは猫同士の差別・虐待だ。だから、獅子の命令が含意《がんい》しているのは、差別・虐待をなくすことは、歴史と地理を調べることで生じる猫社会の利便に優先する、ということだ。つまり、差別・虐待の禁止を、極めて重い原理的な要請と位置付けていることになる。

三つ目は、語り手はなぜ、獅子に半分同感なのか。事務所での差別・虐待をなくすため、獅子は事務所そのものを解散してしまう。事務所を解散することで、事務所での差別・虐待は消滅しても、猫社会での差別・虐待はなくなるわけではない。あくまで場当たり的な対処であって、全く根本的な解決になっていない。猫社会を、教育や法整備で改革するというような建設的な対処は見えない。その意味では、語り手が獅子に半分も同感しているのは同感し過ぎとも思える。

では、獅子はなぜ場当たり的な対処を命じたのか。獅子の発言に立ち返って見ると「お前たちは何をしてゐるか。そんなことで地理も歴史も要《い》つたはなしでない。やめてしまへ。えい。解散を命ずる」と言っている。かなり感情が高ぶっている様子だ。どうして感情が高ぶっているのか、それは、事務所を覗き、竈猫に感情移入したことがきっかけだ。事務所を解散してそこでの差別・虐待を消滅させるという短絡的な対処を獅子が命じたのは、感情が高ぶり過ぎたからだと想定できる。これでなぜ語り手が半分も同感できたのか、その理由がわかってくる。つまり、感情移入をきっかけに、差別・虐待を止めさせなければならないという〈激しい感情〉が表れたことが極めて重要だから、語り手は半分同感したのではないか。

差別・虐待を防止するため、教育やルールの整備を行うことは、人間社会が進めなければいけない対処だ。その教育やルール整備を推進する原動力として、感情移入をきっかけに生じる差別・虐待を止めさせる熱い感情は決定的に重要だ。さらに、教育やルールの整備という対処の目指す理想郷は、人々が、差別・虐待される側への感情移入をきっかけに、外部強制されずとも差別・虐待を起動すること自体がなくなる世界だ。

差別・虐待の存在は、現在人類が直面している地球規模の死活問題、すなわち、地球温暖化や環境破壊に対して、人類が一致団結して対処を進める上での大きな障害だ。今世界で起きている、宗教・思想などの信条、人種・民族、種々の格差等による、差別（分断）と虐待（紛争・搾取）は、世界各国が本来協調して進めていなければいけない問題への対処を遅らせ、あるいは、逆行させてしまっている。ロシアのウクライナ侵略（領土問題に起因してウクライナ国民を攻撃・虐待）はその典型的な例。『猫の事務所』で、獅子が、差別・虐待の禁止を、極めて重い原理的な要請と位置付けているのは、尤もだ。

本章では、賢治の童話で、飽食・無用の殺生や、差別・虐待が描写されている様子をいくつか見てきた。飽食を避け無用な殺生を行わないこと、差別・虐待をなくすことは、それぞれ、生態系のバランス維持、国際社会の分断回避と地球規模の人類死活問題への共同対処に繋がり、持続可能な社会実現の鍵だ。ここでも賢治の作品に特徴的なのは、感情移入をきっかけにした感情の奔出だった。

余談　動物と植物

感情移入する対象としてまず思い浮かぶのは、もちろん人間だが、他の生物の中では何だろう。大抵の人は、植物や微生物よりも動物、動物の中でも哺乳類、という順番ではないだろうか。微生物は、その存在自体が普段なかなか感じられないから横に置くとして、なぜ植物よりも動物なのか。植物は動き回らないからか？　もし植物に、動物のような顔があったらどうだろう。

樹の幹に笑ってる顔のような模様がついていたとしよう。思わず感情移入して笑ってしまうに違いない。だから、動物のような顔があること、つまり、目と口がそこそこ近接してついてることがポイントだ（動物には、定義により目の無いカイメンなども含まれるが、ここでは身近な、哺乳類、鳥類、爬虫類、両生類、魚類、昆虫くらいをイメージ）。人間の中では、他者シミュレーターが常時誰か周りにいないか注意していて（アイドリング状態）、人間でなくても目と口がある顔を見ると、ついシミュレーターのギアが入り動作状態になる。こいつは誰だ、危険な表情や動きをしてないか、友好的な態度を取っているか、これまでの経験に基づいて判断する。例えば、何か動くものがあると思って見ると、バッタがいるのを見つけたとする（都会では空き地で雑草が生えていてもすっかり見かけなくなってしまった）。それがバッタの一種ということは、これまでに蓄積されたバッタに関する記憶とパターンマッチングしてわかっている。そぉ〜っと近づいて見てみる。とことん無表情だ。そもそも表情筋はないし、目も複眼で眼球がキョロキョロするわけじゃないから、無表情なのは当然なのだし、人間のような感情表現がないことはわかっているのだが、ついつい、こいつ知らんぷりしてるな、とか思ってしまう。

　植物の場合、顔のような模様がついていることはあっても（パンジーとか）、それはあくまで模様で、動物のような目や口の機能はないから、一瞬他者シミュレーターが発動することはあっても、本格的な擬人化や感情移入までは至らない、とは限らなさそうだ。ここで皆さんに質問。園芸店と花屋があって、それぞれの前を通ったとする。その時、湧いてくる感情に違いはあるでしょうか。筆者は、どうも花屋が苦手で、前を通るとちょっと息苦しくなる。それは切り花を置いてあるから。切り花では、言わば、植物の地面から上の上半身と、地面より下の根を含む下半身とが切断されてしまっている。植物としてはもう瀕死の状態だが、茎の切断面から水分等を吸収し、しばらくは見た目あまり変わらないから、その間は鑑賞して、枯れると廃棄される。鉢植えなら生き延びることもできただろうに、とブルーな気持ちになってしまうのは、体を切断された植物に感情移入して、その痛みや息苦しさを少しだけ感じているからなのかもしれない。

三章　みんなの幸い

本章では、賢治のいくつかの作品に表れる、みんなの幸い、というテーマを中心に考察を行い、その意味を論理的に明らかにしていく。その中で仮定したのは、賢治のそれぞれの作品が、相互に整合性が取れて（それぞれの作品に表れる考え方が他の作品でも一貫して筋が通って）いるということ、だけである。

みんなの幸いと自己犠牲

既に二章で『銀河鉄道の夜』の蠍の話に、みんなの幸い、という言葉が出てくるのを見た。復習すると、蠍は、井戸で溺れて無駄死にするぐらいなら、いたちが一日でも生き延びられるよう、いたちに食べてもらう方が良かったと考える。そして「どうか神さま。私の心をごらん下さい。こんなにむなしく命をすてずどうかこの次にはまことのみんなの幸のために私のからだをおつかひ下さい。」と言う。ここでは、単に特定の誰かの役に立つことを望むということに留まらず、〈みんな〉の幸いのために、からだをお使い下さいと、不特定多数の幸せに対象が拡大していることを指摘した。『銀河鉄道の夜』で蠍の話を語る女の子は、船旅の途中、船が沈没して助からなかった女の子だ。沈没の状況は、女の子と一緒に旅をしていた青年によって以下のように語られる。

「いえ、氷山にぶっつかって船が沈みましてね、わたしたちはこちらのお父さんが急な用で二ヶ月前一足さきに本国へお帰りになったのであとから発《た》ったのです。私は大学へはひってゐて、家庭教師にやとはれてゐたのです。ところがちょうど十二日目、今日か昨日のあたりです、船が氷山にぶっつかって一ぺんに傾きもう沈みかけました。月のあかりはどこかぼんやりありましたが、霧が非常に深かったのです。ところがボートは左舷《さげん》の方半分はもうだめになってゐましたから、とてもみんなは乗り切らないのです。もうそのうちにも船は沈みますし、私は必死となって、どうか小さな人たちを乗せて下さいと叫びました。近くの人たちはすぐみちを開いてそして子供たちのために祈って呉《く》れました。けれどもそこからボートまでのところにはまだまだ小さな子どもたちや親たちやなんか居て、とても押しのける勇気がなかったのです。それでもわたくしはどうしてもこの方たちをお助けするのが私の義務だと思ひましたから前にゐる子供らを押しのけようとしました。けれどもまたそんなにして助けてあげるよりはこのまゝ神のお前にみんなで行く方がほんたうにこの方たちの幸福だとも思ひました。それからまたその神にそむく罪はわたくしひとりでしょってぜひとも助けてあげようと思ひました。けれどもどうして見てゐるとそれができないのでした。子どもらばかりボートの中へはなしてやってお母さんが狂気のやうにキスを送りお父さんがかなしいのをじっとこらへてまっすぐに立ってゐるなどとてももう腸《はらわた》もちぎれるやうでした。そのうち船はもうずんずん沈みますから、私はもうすっかり覚悟してこの人たち二人を抱いて、浮べるだけは浮ばうとかたまって船の沈むのを待ってゐました。

（中略）

そのとき俄《には》かに大きな音がして私たちは水に落ちました。もう渦に入ったと思ひながらしっかりこの人たちをだいてそれからぼうっとしたと思ったらもうこゝへ来てゐたのです。

（九、ジョバンニの切符）

ここでも不特定多数のみんな（他の子供たち）の生に繋がるならば、自分（と連れの子供たち）がその犠牲になっても、それが幸せなのだという考え方が表れている。ただここにはジレンマがある。連れの子供たちを助けるのが、連れの子供たちの親に対する義務だ（親が悲しむ）と思うからだ。何を幸せと感じるかは、人によって違う。よくドラマの設定にあるのは、親は家業を継いでもらうのが幸せで、子供は別のことに挑戦するのが幸せ、という構図。幸せの希求は、特に信念対立の場面（例えば、宗教・思想などの信条、人種・民族に関する考え方に関わって）でジレンマに陥ることは世界の歴史や現況を見れば明らか。仲良くしたいのに、あるいは、仲良くすることのメリットもあるのに、仲良くできない。

もう少し物語の先に進む。女の子がさそりの話をした後、ほどなくして汽車は十字架の真向いで停車し、ジョバンニとカムパネルラ以外の乗客はいなくなる。

ジョバンニはあゝと深く息しました。

「カムパネルラ、また僕たち二人きりになったねえ、どこまでもどこまでも一緒に行かう。僕はもうあのさそりのやうにほんたうにみんなの幸《さいはひ》のためならば僕のからだなんか百ぺん灼《や》いてもかまはない。」

「うん。僕だってさうだ。」カムパネルラの眼にはきれいな涙がうかんでゐました。
「けれどもほんたうのさいはひは一体何だらう。」ジョバンニが云ひました。
「僕わからない。」カムパネルラがぼんやり云ひました。

（中略）

ジョバンニが云ひました。
「僕もうあんな大きな暗《やみ》の中だってこはくない。きっとみんなのほんたうのさいはひをさがしに行く。どこまでもどこまでも僕たち一緒に進んで行かう。」

（九、ジョバンニの切符）

みんなの本当の幸い、が何かはわかっていない。それは一緒に探し求めるもののようだ。では、みんなの幸いとは何か。ここで、みんなの幸いを、少し限定して、みんな一人一人にとっての幸いの共通条件だ（そうでなかったら不幸だ）と考えられる事象のこと（以下『狭義のみんなの幸い』）と定義してみる。そうすると、狭義のみんなの幸いの範疇には、人間の生存に最低限必要な条件がまず入ることになる。

『グスコーブドリの伝記』は、飢餓・貧困に関わる物語だ。ブドリの父は木こりで一家は森で暮らしているが、ひどい凶作が起こって両親は病気になり、ブドリとその妹ネリの二人の子供にできる限りの食料を残して森で命を落とすという描写から始まる。間もなくブドリは森で天蚕糸《てぐすいと》の生産に従事させられ、のちに沼ばたけでオリザの栽培を手助けし、その後火山局に勤務する。そしてブドリが二十七の年に子供の頃に飢餓を招いた寒冷な気候がやってくる。「このままで過ぎるなら、森にも野原にも、ちょうどあの年のブドリの家族のやうになる人がたくさんできるのです。ブドリはまるで物も食べずに幾晩も幾晩も考へ」て、カルボナード火山島を爆発させ大気中の炭酸ガスを増やし気温を上げるアイデアに到達する。大博士に相談すると、確かに効果はあるが作業の関係でどうしても最後の一人が犠牲になってしまうと言われる。

「先生、私にそれをやらしてください。どうか先生からペンネン先生へお許しの出るやうお詞《ことば》を下さい。」

「それはいけない。きみはまだ若いし、いまのきみの仕事に代れるものはさうはない。」

「私のやうなものは、これから沢山できます。私よりもつともつと何でもできる人が、私よりもつと立派にもつと美しく、仕事をしたり笑つたりして行くのですから。」

「その相談は僕はいかん。ペンネン技師に談《はな》したまへ。」

ブドリは帰つて来て、ペンネン技師に相談しました。技師はうなづきました。

「それはいい。けれども僕がやらう。僕は今年もう六十三なのだ。ここで死ぬなら全く本望といふものだ。」

「先生、けれどもこの仕事はまだあんまり不確かです。一ぺんうまく爆発しても間もなく瓦斯《がす》が雨にとられてしまふかもしれませんし、また何かもかも思つた通りいかないかもしれません。先生が今度お出《い》でになつてしまつては、あと何とも工夫がつかなくなると存じます。」

老技師はだまつて首を垂れてしまひました。

それから三日の後、火山局の船が、カルボナード島へ急いで行きました。そこへいくつものやぐらは建ち、電線は連結されました。

すつかり仕度ができると、ブドリはみんなを船で帰してしまつて、じぶんは一人島に残りました。

そしてその次の日、イーハトーブの人たちは、青ぞらが緑いろに濁り、日や月が銅《あかがね》いろになつたのを見ました。けれどもそれから三四日たちますと、気候はぐんぐん暖くなつてきて、その秋はほぼ普通の作柄になりました。そしてちやうど、このお話のはじまりのやうになる筈《はず》の、たくさんのブドリのお父さんやお母さんは、たくさんのブドリやネリといつしよに、その冬を暖いたべものと、明るい薪《たきぎ》で楽しく暮らすことができたのでした。
（九、カルボナード島）

ブドリの自己犠牲で、その地方（イーハトーブ）の人々は飢饉による貧困に苦しまずに（最低限の生活水準を割ることなく）済んだ。彼らは、飢饉を回避できたことに幸せを感じている。だから、ブドリは、不特定多数のみんなの幸いのために、いつかは死ぬことになる自分の命を使ったことになる。

このように、『グスコーブドリの伝記』を読めば、狭義のみんなの幸い（みんな一人一人にとっての幸いの共通条件）に、飢餓・貧困のない状態が含まれることは明らかだ。また、飢餓の先には死が待っているが、狭義のみんなの幸いに、死にそうな状態にないことが含まれることは明白。では、狭義のみんなの幸いには、他にどんなことが含まれるだろうか。これまで引用してきた作品の中で、飽食・無用な殺生、差別・虐待は明確に否定されていたことを思い出して欲しい。それらのことは、あってはいけないこと、つまり、不幸を招く事象として描かれている。だから、それらのない状態、すなわち、みんなが、飽食・無用な殺生をせず、差別・虐待を受けることなく生活している状態は、みんなにとっての幸いの条件と考えられる事象であり、狭義のみんなの幸いを意味すると考えてよい。

以上で、狭義のみんなの幸いが、少なくとも、飽食・無用な殺生、差別・虐待、飢餓・貧困、のない状態であることはわかった。では、この狭義のみんなの幸いが、ほぼみんなの幸いのことだと考えて良いだろうか。『春と修羅』に収められた「小岩井農場」の次の一節を読むと、みんなの幸いの、別の要素・側面が見えてくる。

もしも正しいねがひに燃えて
じぶんとひとと万象といつしよに
至上福祉にいたらうとする
それをある宗教情操とするならば
そのねがひから砕けまたは疲れ
じぶんとそれからたつたもひとつのたましひと

完全そして永久にどこまでもいつしよに行かうとする
この変態を恋愛といふ
そしてどこまでもその方向では
決して求め得られないその恋愛の本質的な部分を
むりにもごまかし求め得ようとする
この傾向を性慾といふ
すべてこれら漸移のなかのさまざまな過程に従つて
さまざまな眼に見えまた見えない生物の種類がある
この命題は可逆的にもまた正しく
わたくしにはあんまり恐ろしいことだ
けれどもいくら恐ろしいといつても
それがほんたうならしかたない

ここに出てくる、自分とひとと万象と一緒に至上福祉を目指すということは、言い換えれば、みんなの幸いをみんなで一緒に希求するということだ。ここで、福祉が幸いを意味することは言うまでもない。

では、みんなの幸いの別の要素とは何か。引用した文脈から、少なくとも恋愛や性欲が、みんなの幸い（至上福祉）に繋がっていることがわかる。しかしながら、それは「それがほんたうならしかたない」という、やむを得ず肯定するという仕方でしかない。つまり、積極的にみんなの幸いとして描かれてはいない。それを踏まえて、以後の考察では、恋愛や性欲はみんなの幸いの明示的な要素に含めないことにする。

次に、みんなの幸いの別の側面とは何か。それは、みんなの幸いは、正しい願いに燃えて万象と一緒に希求するもの、という点にある。つまり、問題にしなければいけないのは、みんなの幸いの目標が何か、だけでなく、みんなの幸いを正しい願いに燃えて万象と一緒に希求するという目標達成のためのプロセスもそうだ、ということ。

そこで、広義のみんなの幸いを、狭義のみんなの幸いを正しい願いに燃えて万象と一緒に希求すること、と定義しよう。では、正しい願いに燃えてとはどういうことだろうか。燃えるとは感情の高ぶっている状態だ。これまで見てきたように、賢治の作品の多くの場面で、感情移入をきっかけとして感情の奔出が起きる。そう考えると、正しい願いに燃えるとは、飽食・無用な殺生、差別・虐待、飢餓・貧困、のない状態を、対象（被害者）への感情移入を起点にして、強く望んでいること、と理解できる。

実は、賢治には、この万象と一緒にみんなの幸いを達成するためのプロセスが例示されている『虔十公園林《けんじふ》』という童話がある。

ある時虔十は「お母《があ》、おらさ杉苗七百本、買って呉《け》ろ。」と頼む。家のうしろの野原に植えるためだと言う。虔十の兄は、そこは土壌の関係で杉が大きくは成長しないと否定するが、父は、今まで何一つ物を頼んだことのない虔十が言うのだから買ってやれと言う。それを訊いて母も安心したように笑う。兄が、杉苗を買ってきて、虔十と一緒に苗を植える。八年経っても丈は九尺（三メートル弱）だった。ひとりの百姓が冗談で、枝打ち（下の方の枝を山刀で落とすこと）をしないのかと言ったので、虔十がちょっと体を曲げながら枝打ちすると、小さな林は、明るくがらんとなってしまう。畑から帰ってきた兄は思わず笑った後、機嫌良く「おう、枝集めべ、いゝ焚《た》ぎものうんと出来だ。林も立派になったな。」と言ったので、虔十は安心する。

ところが次の日虔十は納屋で虫喰い大豆《まめ》を拾ってゐましたら林の方でそれはそれは大さわぎが聞えました。

あっちでもこっちでも号令をかける声ラッパのまね、足ぶみの音それからまるでそこら中の鳥も飛びあがるやうなどっと起るわらひ声、慶十はびっくりしてそっちへ行って見ました。

すると愕《おど》ろいたことは学校帰りの子供らが五十人も集って一列になって歩調をそろへてその杉の木の間を行進してゐるのでした。

全く杉の列はどこを通っても並木道のやうでした。それに青い服を着たやうな杉の木の方も列を組んであるいてゐるやうに見えるのですから子供らのよろこび加減と云ったらとてもありません、みんな顔をまっ赤にしてもずのやうに叫んで杉の列の間を歩いてゐるのでした。

その杉の列には、東京街道ロシヤ街道それから西洋街道といふやうにずんずん名前がついて行きました。

慶十もよろこんで杉のこっちにかくれながら口を大きくあいてはあはあ笑ひました。

それからはもう毎日毎日子供らが集りました。

その秋慶十はチフスにかかって死んでしまう。その後村は鉄道も通り工場もでき田畑は潰され町になる。虔十の林のすぐ近くに学校が建っていたので、子供たちは学校付属の運動場のように思って毎日集まる。そして虔十が死んでから二十年近く経ったのち、村出身で、昔この林で遊んだ若い博士（アメリカで教授をしている）が十五年ぶりに帰ってきて、小学校から頼まれてその講堂でアメリカの話をする。そのあと、運動場に出て虔十の林の方に行くが、校長たちとの会話の中で、虔十の家の者はその土地を売れと言われても「虔十のたゞ一つのかたみだからいくら困っても、これをなくすることはどうしてもできない」と答えていたという話を聞く。

「あゝさうさう、ありました、ありました。その虔十といふ人は少し足りないと私らは思ってゐたのです。いつでもはあはあ笑ってゐる人でした。毎日丁度この辺に立って私らの遊ぶのを見てゐたのです。この杉もみんなその人が植ゑたのださうです。あゝ全くたれがかしこくたれが賢くないかはわかりません。たゞどこまでも十力《じふりき》の作用は不思議です。こゝはもういつまでも子供たちの美しい公園地です。どうでせう。こゝに虔十公園林と名をつけていつまでもこの通り保存するやうにしては。」

「これは全くお考へつきです。さうなれば子供らもどんなにしあはせか知れませせん。」

さてみんなその通りになりました。

芝生のまん中、子供らの林の前に

「虔十公園林」と彫った青い橄欖岩《かんらんがん》の碑が建ちました。

昔のその学校の生徒、今はもう立派な検事になったり将校になったり海の向ふに小さいながら農園を有《も》ったりしてゐる人たちから沢山の手紙やお金が学校に集まって来ました。

虔十のうちの人たちはほんたうによろこんで泣きました。

全く全くこの公園林の杉の黒い立派な緑、さはやかな匂《にほひ》、夏のすゞしい陰、月光色の芝生がこれから何千人の人たちに本当のさいはひが何だかを教へるか数へられませんでした。

そして林は虔十の居た時の通り雨が降ってはすき徹《とほ》る冷たい雫《しづく》をみじかい草にポタリポタリと落しお日さまが輝いては新らしい奇麗な空気をさはやかにはき出すのでした。

虔十は、子供からも少し足りないと見られていたが、家族は彼を尊重し見守り、決して差別・虐待をしない、させない。虔十は自然（万象）との触れ合いに無上の喜びを感じる。虔十の作った杉林は、自然が少なくなった町の中で、子供たちが日々自然と触れ合い遊ぶ場となり、公園林として未来に受け継がれていく。「公園林の杉の黒い立派な緑、さはやかな匂《にほひ》、夏のすゞしい陰、月光色の芝生」は、本当の幸いが何かを教えてくれる。

筆者なりに、みんなの幸いの視点で言い換えてみる。

何よりも最初にあるのは〈感じること〉だ。杉の緑、爽やかな匂い、芝生の月光色。自然の中でこそ、生物多様性の維持・生態系のバランス保持の大切さが、（理屈ではなく）直接感得できる。人間は自然の一部なのだ。だが、開発の名の下、自然破壊を進めた結果、子供の周りに自然がなくなったら、どうなるだろう。大元になくてはいけない〈感じること〉が失われてしまう。破壊されるもの、つまり、無用な殺生、差別・虐待を受ける側の、痛みを感じることができなくなったら、世界は早晩崩壊する。だから、虔十公園林という形で自然を適切に残し（行きすぎた殺生はしない）、身近に自然との交歓ができる環境を保持していく（痛みを感じる感性が引き継がれるようにする）ことを、そこから巣立った人たちがサポートし続けていくことは、狭義のみんなの幸いを、万象（公園を作った人、利用する人、維持する人、そして、公園の生物たち）と一緒に実現するプロセスであり、広義のみんなの幸いの一例だ。この広義のみんなの幸いが、引用文の最後の方にある〈本当のさいはひ〉に他ならない。

ここまで、みんなの幸いとは何を意味するか、狭義のみんなの幸い、広義のみんなの幸いという概念を使って、その輪郭を素描《そびょう》してきた。次に押さえたいのは、みんなの幸いのための自己犠牲には、どんなことが含まれるのかという点。賢治の作品の登場人物には、感情移入をきっかけに、自己犠牲の感情が高まる例が数多くあった。以下改めて列記してみる。

「あゝ、おれはお前の毛皮と、肝《きも》のほかにはなんにもいらない。それも町へ持って行ってひどく高く売れると云ふのではないしほんたうに気の毒だけれどもやっぱり仕方ない。けれどもお前に今ごろそんなことを云はれるともうおれなどは何か栗かしだのみでも食ってゐてそれで死ぬならおれも死んでもいゝやうな気がするよ。」

（なめとこ山の熊《くま》）

「もう二年ばかり待って呉れ、おれも死ぬのはもうかまはないやうなもんだけれども少しし残した仕事もあるしたゞ二年だけ待ってくれ。二年目にはおれもおまへの家の前でちゃんと死んでゐてやるから。毛皮も胃袋もやってしまふから。」

（なめとこ山の熊《くま》）

「鳥捕りのために、ジョバンニの持ってゐるものでも食べるものでもなんでもやってしまひたい、もうこの人のほんたうの幸《さいはひ》になるなら自分があの光る天の川の河原に立って百年つゞけて立って鳥をとってやってもいゝといふやうな気がして、」

（銀河鉄道の夜　九、ジョバンニの切符）

「それでもわたくしはどうしてもこの方たちをお助けするのが私の義務だと思ひましたから前にゐる子供らを押しのけようとしました。けれどもまたそんなにして助けてあげるよりはこのまゝ神のお前にみんなで行く方がほんたうにこの方たちの幸福だとも思ひました。」

（銀河鉄道の夜　九、ジョバンニの切符）

「あゝなんにもあてにならない。どうしてわたしはわたしのからだをだまっていたちに呉れてやらなかったらう。そしたらいたちも一日生きのびたらうに。どうか神さま。私の心をごらん下さい。こんなにむなしく命をすてずどうかこの次にはまことのみんなの幸のために私のからだをおつかひ下さい。」

（銀河鉄道の夜　九、ジョバンニの切符）

「僕はもうあのさそりのやうにほんたうにみんなの幸《さいはひ》のためならば僕のからだなんか百ぺん灼《や》いてもかまはない。」　（銀河鉄道の夜　九、ジョバンニの切符）

「ブドリはいままでの仕事のひどかつたことも忘れてしまつて、もう何にもいらないから、こゝで働いてゐたいとも思ひましたが、考へてみると、居てもやつぱり仕事もそんなにないので、主人に何べんも何べんも礼を云つて、六年の間はたらいた沼ばたけと主人に別れて停車場をさして歩きだしました。」

（グスコーブドリの伝記　三、沼ばたけ）

命を犠牲にすることを語る話が多いが、それだけではない。だから、それら全部をカバーするように、自己犠牲は、〈自分の欲望の抑制、自分の労力の使用、自分の持てる物の供出などを行うこと〉、という広い意味で捉えないといけない。

これまでの考察で、みんなの幸いの希求とそのための自己犠牲が何を意味するか大枠を押さえることができたので、ここでまとめの意味で、広義の《みんなの幸い》の希求とそのための《自己犠牲》を、わかり易く解釈してみる。

《無用な殺生の対象になっている人・生物や、差別・虐待を受けたり、飢餓・貧困に陥っている人々の痛みを感じ、地球上からそういった状態を一掃することに、強い願いを持ち》

《その願いへの共感の輪を世界中の人々に拡大しながら、協調してかつ生物多様性・生態系のバランスを感じ保持しつつ（＝万象と一緒に）、その願いを実現していくこと》

を希求し、そのためには

《自分の欲望の抑制、自分の労力の使用、自分の持てる物の供出、などを適宜行うことを厭わない》。

さて今度は、この解釈の視点に立つと、賢治の作品がどのように見えてくるか一例を挙げて確認してみたい。有名な〔雨ニモマケズ〕。この作品は死の二年前（一九三一年）、病床で手帳に走り書きされたものと言われている（括弧内の注記は筆者）。

雨ニモマケズ
風ニモマケズ
雪ニモ夏ノ暑サニモマケヌ
丈夫ナカラダヲモチ
（いろいろみんなの役に立てるために必要な身体の姿）

慾《ヨク》ハナク
決シテ瞋《イカ》ラズ
イツモシヅカニワラッテヰル
（自己の欲望を抑制し、万象と交歓する姿）

一日ニ玄米四合ト
味噌ト少シノ野菜ヲタベ

（飽食・無用な殺生をしない姿）
アラユルコトヲ
ジブンヲカンヂャウニ入レズニ
（自己の欲望を抑制する姿）
ヨクミキキシワカリ
ソシテワスレズ
（みんなの幸いに貢献するため、いろいろなことを理解・把握する姿）
野原ノ松ノ林ノ蔭《カゲ》ノ
小サナ萱《カヤ》ブキノ小屋ニヰテ
（生態系への影響を最小限にしてかつ自然を感じながら生活する姿）
東ニ病気ノコドモアレバ
行ッテ看病シテヤリ

西ニツカレタ母アレバ
行ッテソノ稲ノ束ヲ負ヒ
南ニ死ニサウナ人アレバ
行ッテコハガラナクテモイ、トイヒ
北ニケンクヮヤソショウガアレバ
ツマラナイカラヤメロトイヒ
（病・貧困に陥ったり差別・虐待を受けている人々の痛みを感じ、それを自己の労力を使って解消しようとする姿）

ヒデリノトキハナミダヲナガシ
サムサノナツハオロオロアルキ
（飢餓で苦しむ人々の痛みを強く感じている姿）

ミンナニデクノボートヨバレ
ホメラレモセズ
クニモサレズ

サウイフモノニ
ワタシハナリタイ
（他者との関係で優位に立って、相手に劣等感あるいは差別されたという感情を持って欲しくない。その意味でデクノボーと呼ばれるような劣位の立場にあることを志向する。ただし、劣位にあることで差別されるのも本末転倒。だから、褒められもせず、苦にもされないという立ち位置を理想とする姿）

概《おおむ》ね、みんなの幸いの希求とそのための自己犠牲の解釈と一致する内容だ。余談だが、読者の皆さんも、この詩で目指されている姿と、『虔十公園林《けんじふ》』の虔十の姿は、なんとなく重なると思われたのではないか。従前より指摘されているが、賢治（けんじ）と虔十（けんじふ）は、平仮名にするとほぼ重なる。

ところで、みんなの幸いは、今後も生き続けていく（可能性のある）人々の幸いについての概念だ。一方で、賢治の作品には、死にゆく（助かる見込みのない）者にどうしたら幸いが訪れるかが描かれた作品もある。みんなの幸いの議論からは逸《そ》れるが、参考までに本節の残りの部分で、その例を取り上げることにしたい。

まず童話『二十六夜』。梟《ふくろう》の穂吉は、三兄弟の末っ子でおとなしいいい子だったが、ある日兄弟で出かけた時に、人間の子供に捕まり、次の日逃がされるがその時両脚を折られてしまう。穂吉はそれが元で衰弱し死んでいくが、臨終にあたり、梟の坊さんが説経をし、みんなが菩薩の名を叫ぶ。その時の穂吉の様子は次のように描かれている。

「おや、穂吉さん、息つかなくなったよ。」俄に穂吉の兄弟が高く叫びました。ほんたうに穂吉はもう冷たくなって少し口をあき、かすかにわらったまゝ、息がなくなってゐました。

臨終では、菩薩の名を唱えることが、安らかで幸せな死をもたらすという信仰がここでは描かれている。

もう一つ。『春と修羅』に収められている「青森挽歌」には、賢治の妹トシの臨終の場の描写がある。

にはかに呼吸がとまり脈がうたなくなり
それからわたくしがはしつて行つたとき
あのきれいな眼が
なにかを索めるやうに空しくうごいてゐた
それはもうわたくしたちの空間を二度と見なかつた
それからあとであいつはなにを感じたらう
それはまだおれたちの世界の幻視をみ
おれたちのせかいの幻聴をきいたらう
わたくしがその耳もとで
遠いところから声をとつてきて
そらや愛やりんごや風　すべての勢力のたのしい根源
万象回帰のそのいみじい生物の名を
ちからいつぱいちからいつぱい叫んだとき
あいつは二へんうなづくやうに息をした
白い尖つたあごや頬がゆすれて
ちひさいときよくおどけたときにしたやうな

あんな偶然な顔つきにみえた
けれどもたしかにうなづいた

ここでは「万象回帰のそのいみじい生物の名」が何のことか明示されていない。だが、先に引用した『二十六夜』の描写を踏まえれば、それは菩薩の名のことだと、読み手は類推しないわけにはいかない。引用した二つの作品では、怪我や病気が元で、徐々に衰弱し死の間際まで意識がある場合を描いているが、人の死の訪れ方はそれだけではない。交通事故等で即死の場合、老衰や一酸化炭素ガス中毒でいつの間にか亡くなっている場合等様々だ。だから、臨終に際して、菩薩の名を呼ぶあるいは聞くことができるとは限らない。その意味で、これら賢治の作品に描かれた、死にゆく者の幸いは、誰でもが対象になり得るわけではない。なお、これらの作品には、みんなの幸いと異なり、死後の世界や神等、信仰に関わる世界像・世界観が入り込んできていることは言うまでもない。

本題に戻る。みんなの幸いの希求とそれに伴う自己犠牲というテーマは、宮沢賢治の作品の特徴の一つであるだけでなく、前章までに見てきた他の特徴、すなわち、他者への感情移入をきっかけとした強い自己犠牲の感情奔出、無用な殺生をされる側や差別・虐待を受ける側への感情移入をきっかけにしたそれらの行為を止めさせようとする激しい感情の奔出もその中に集約されているという意味では、最も重要な特徴と言うことができるだろう。

自己犠牲のジレンマ

前節までで、みんなの幸いの希求とそのための自己犠牲の意味するところの大筋での論理的な解釈はできた。だが、それでめでたく終わりというわけではない。それだけだったら、ほんとうの幸いは、探しに行くようなことではない。ジョバンニは「みんなのほんたうのさいはひをさがしに行く。どこまでもどこまでも僕たち一緒に進んで行かう。」と言う必要はない。どうして探しに行かなければならないのか。それは、これまでにも指摘してきたように、自己犠牲にはジレンマがあるからだ。

みんなの幸いの実現のため、例えば貧困にある特定の誰かを助けるために、自己を犠牲にするとする、それが、支援センターとの仲介を行なったといったレベルであれば、多少時間と労力を要したとしてもそれで失うものは殆どなく、ジレンマは感じないだろう。だが、誰かを貧困から救おうとすると、自分の家族の生活水準が落ちてしまう場合はどうだろう。そして最も深刻なジレンマが起こるのは、誰かの命を救うために、自分の命を犠牲にする場合だ。みんなの幸いは、死にそうでない状態にあることが条件だ。死にそうな誰か（A）の命を救うことは、みんなの幸いの実現に繋がる、だが、そのために自分（B）の命を犠牲にすることは、他の人たちから見たらどうだろう。Bの死は、B自身の生き続ける可能性を捨てたというところに着目すれば、みんなの幸いを否定する行為だ。助かったAの家族・仲間・知り合いは喜び、助かったA本人も複雑な気持ちはあるだろうが感謝するだろう。また、死んだBが最後に意識を失うまで後悔しなかったかどうかはわからないが、少なくとも自発的な行動であり、無理やり外部から強制されて死んだわけではない。しかしながら、死んだBの家族・仲間・知り合いは、幸いかというと、そう簡単に割り切れるものではないだろう。逆に不幸に陥ることも十分考えられる。『銀河鉄道の夜』の終盤は次のように展開する。

「ジョバンニ、カムパネルラが川へはひったよ。」
「どうして、いつ。」

「ザネリがね、舟の上から烏うりのあかりを水の流れる方へ押してやらうとしたんだ。そのとき舟がゆれたもんだから水へ落っこったらう。するとカムパネルラがすぐ飛びこんだんだ。そしてザネリを舟の方へ押してよこした。ザネリはカトウにつかまった。けれどもあとカムパネルラが見えないんだ。」

「みんな探してるんだらう。」

「あゝすぐみんな来た。カムパネルラのお父さんも来た。けれども見附からないんだ。ザネリはうちへ連れられてった。」

（九、ジョバンニの切符）

ザネリを救うためカムパネルラは溺死していた。汽車の中でジョバンニと話をしていたカムパネルラは溺死しているカムパネルラだったのだ。次は、車中でのジョバンニとカムパネルラの会話。

「おっかさんは、ぼくをゆるして下さるだらうか。」

いきなり、カムパネルラが、思ひ切ったといふやうに、少しどもりながら、急《せ》きこんで云ひました。

（中略）

「ぼくはおっかさんが、ほんたうに幸《さいはひ》になるなら、どんなことでもする。けれども、いったいどんなことが、おっかさんのいちばんの幸なんだらう。」カムパネルラは、なんだか、泣きだしたいのを、一生けん命こらへてゐるやうでした。

「きみのおっかさんは、なんにもひどいことないぢゃないの。」ジョバンニはびっくりして叫びました。

「ぼくわからない。けれども、誰《たれ》だって、ほんたうにいいことをしたら、いちばん幸なんだねえ。だから、おっかさんは、ぼくをゆるして下さると思ふ。」カムパネルラは、なにかほんたうに決心してゐるやうに見えました。

（七、北十字とプリオシン海岸）

「けれどもほんたうのさいはひは一体何だろう。」ジョバンニが云ひました。

「僕わからない。」カムパネルラがぼんやり云ひました。

（中略）

ジョバンニが云ひました。

「僕もうあんな大きな暗《やみ》の中だってこはくない。きっとみんなのほんたうのさいはひをさがしに行く。どこまでもどこまでも僕たち一緒に進んで行かう。」

（九、ジョバンニの切符）

自分の命を犠牲にして誰かの命を救う場合、みんなが幸いになることは難しい。特に自分の親はどう思うか。そういう状況に直面した時どうするか、決まった答えや正解はなく、探すものだと彼らは語る。『銀河鉄道の夜』は、みんなの幸いのための自己犠牲が孕《はら》むジレンマに焦点を当てた作品と言える。

四つの長編童話

賢治は、四つの長編童話『風の又三郎』『ポラーノの広場』『銀河鉄道の夜』『グスコーブドリの伝記』に繋がりを考えていたと言われている。本書でこれまで考察してきたことを踏まえると、これら四つの童話には、次のように、みんなの幸いの希求とそのための自己犠牲というテーマに関わる四つの側面が描かれているように見える。

『風の又三郎』で描かれているのは、みんなの幸いの基盤になる、差別・虐待の無い理想的な教育環境と子供の幸いの姿。よそ者である又三郎が、周りの子供への感情移入をきっかけに、受け入れられ溶け込んでいく。大人は、又三郎を差別しない。子供たちの中で誰かがミスをして危険な状態に陥っても、周りの子供も大人もそれを責めず、みんなが無事であったことを喜ぶ。

『ポラーノの広場』では、誰でも参加できて幸いを感じられる祭りの場（ポラーノの広場）のイメージと、その日常生活での実現体である産業組合を作る大人の幸いの姿が描かれている。童話の最後に、ハムと皮類と酢酸《さくさん》とオートミル等を作る産業組合を作った友達から、〈ポラーノの広場のうた〉が、キュースト（前にポラーノの広場のあるモリーオ市の博物局に勤務し、今は別の市で働いている設定）に、郵便で届く。

ポラーノの広場のうた

つめくさ灯《ひ》ともす　夜のひろば
むかしのラルゴを　うたひかはし
雲をもどよもし　夜風にわすれて
とりいれまぢかに　年ようれぬ

まさしきねがひに　いさかふとも
銀河のかなたに　ともにわらひ
なべてのなやみを　たきゞともしつゝ
はえある世界を　ともにつくらん

わたくしはその譜はたしかにファゼーロがつくったのだとおもひました。なぜならそこにはいつもファゼーロが野原で口笛を吹いてゐたその調子がいっぱいにはひってゐたからです。けれどもその歌をつくったのはミーロかロザーロかそれとも誰《たれ》かわたくしには見わけがつきませんでした。（六、風と草穂《くさぼ》）

少し横道に逸れる。前に一章で、キュースト は、童話に表れている理想を体現しているという意味での主人公ではないと考えられる、と書いたが、その根拠はこの場面の中にある。みんなの幸いの一つの実現体である産業組合の友達から届いた歌は、みんな（誰が書いたかキューストが特定できないことの裏返し）で、みんなの幸いへの想いを詰め込んで作られたものだ。その意味で、歌を作ったみんなはこの物語の主人公だ。しかしながら、キューストはその歌の作成に参加していない。だから、重要な脇役（みんなのサポート役で、物語自体の書記の役）ではあるが、主人公とは言えないだろう。本題に戻る。

『銀河鉄道の夜』では、誰かの幸いのために、自分の命を犠牲にした場合、自分の親はどう思うのかというジレンマが描かれる。本章で引用した、氷山にぶつかり沈没する船に乗り合わせた家庭教師の青年の話と、ジョバンニとカンパネルラの会話がそれだ。

一方、『グスコーブドリの伝記』は、みんなの幸いのために、自分の命を犠牲にすることにジレンマのないケース。イーハトーブ地方が飢饉・貧困に陥るのを回避するため、ブドリは自分の命を犠牲にする。ただし、ブドリの両親は既に亡くなっていて、唯一の肉親である妹には家族がある。自分には恋人、妻、子供はいない。

余談

柳田國男『明治大正史 世相篇』

日本民族学を樹立した柳田國男は、一九三〇年（昭和五年）に『明治大正史 世相篇』を執筆している。宮沢賢治が亡くなったのは一九三三年（昭和八年）だから、同書は、賢治の生きた時代の世相がどういうものだったかを理解する上でもってこいの資料となっている。その自序に、次の説明がある。

国に遍満する常人という人々が、眼を開き耳を傾ければ視聴しうるもののかぎり、そうしてただ少しく心を潜めるならば、必ず思い至るであろうところの意見だけを述べたのである。

つまり昭和の初めにあって、一般に共有されていたと思われる物事の捉え方を述べたということだ。具体的に見ていく。第四章〔風光推移〕には、次の記述がある。

いわゆる、鉄の文化の宏大なる業績を、ただ無差別に殺風景と評し去ることは、多数民衆の感覚を無視した話である。たとえば鉄道のごとき平板でまた低調な、あらゆる地物を突き退けて進もうとしているものでも、遠くこれを望んで特殊の壮快が味わいうるのみならず、土地の人たちの無邪気なる者も、共々にこの平和の攪乱者《かくらんしゃ》、煤と騒音の放散者に対して、感歎の声を惜しまなかったのである。これが再び見馴れてしまうと、またどういう気持ちに変わるかは期しがたいが、とにかくにこの島国ではところどころの大川を除くのほか、こういう見霞むような一線の光をもって、果てもなく人の想像を導いていくものはなかったのである。

（二　都市と旧跡）

まさに『銀河鉄道の夜』には、日常の三次空間を超えた、幻想第四次の銀河鉄道が登場する。鉄道に非日常への扉を仮託すること自体は、賢治にユニークだったわけではなく、時代の空気だったと言えるだろう。

もう一つ、同じ第四章〔風光推移〕から。

たとえば狼は野獣のことに兇暴なるものであったが、これすらもかつては夜路に人を送り、産の時に見舞いを遣ったら礼に来たという話も多かった。猿は敏捷であるがよく人の真似をして失敗し、兎は知慮が短く鼬《いたち》は狡猾《こうかつ》でよく物を盗んだ。狐は陰鬱で復讐心が強く、狸も悪者ながらすることがいつもとぼけているという類の概括も、決して昔話の相続ばかりではなかった。誤っていたにしてもとにかくにだれかの実験であった。

だからこういう話にほんのわずかでも、附け添えまたは訂正すべき事実に出遭うと、少年は細かに観察したのみならず、また必ず記憶して群に語ったのである。これがどれだけ心の滋養分を含みまた衛生になったかということは、やはり食物と同様にこれを確かめた人が少ないのだが、とにかくにこれが彼らの第四番目の生活技術であった。出でて故郷と外界との関係を会得する以前、まず天然の中に自分を見出すの途が、いつでもこういう様式をもって開かれていたのである。（八　野獣交渉）

賢治の作品に出てくる動物の話もまた、身の回りにいる動物との接触や観察を通して吸収し培った、心の滋養分と衛生の延長にあることは間違いないだろう。

次に第十章〔生産と商業〕および第十三章〔伴を慕う心〕から。

町にこのごろ始まった公私設の市場の中には、いたずらに従来の小売制を複雑にしただけのものもあるらしいが、産業組合の連絡はだんだんに中間機関の省略しうるものであったことを実験せしめてきた。

（生産と商業　五　商業の興味及び弊害）

団結は最初から共同の幸福がその目的であった。

（中略）

ことにその中でも注意せらるるものは産業組合である。

（中略）

いわゆる公式脱税会社の悪評は、若干の場合には的中していた。

（中略）

しかしかように多くの弊害を内包しているとはいえ、共同団結に拠る以外に、人の孤立貧には光明を得ることはできないのであった。かくしていったん離れ離れになった人心に、最近ようやく、自治の新しい気運が向いてきて、幾多の失敗を重ねつつも、歩一歩前進の兆を示しているのは、慶賀すべき実状と言ってよかったのである。

（伴を慕う心　一　組合の自治と連絡）

当時、産業組合は、貧困から人々を救い共同の幸福を目指す仕組みとして捉えられていたわけだ。この認識の先に、『ポラーノの広場』で描かれている理想郷としての、産業組合があると言っていいだろう。

さて、貧困とそれに関わる死や病気については、第十二章〔貧と病〕に記載がある。

新時代の交通機関がほぼ完備してから後にも、幾つかの小規模な飢饉は処々に出現した。ことに東北では明治三十五年と、その翌々年との二度の不作の結果、意外に旧式なる飢渇《きかつ》が若干の農村を襲撃した。最も急速なる輸送の策が講ぜられたにかかわらず、それさえ間に合わずに死んでしまった者が多かったのである。（二　災厄の新種類）

ことにチフスが働き盛りの、丈夫な若者ばかりを連れて行こうとするのは、何と考えても情けないところであった。これが家々の家業の予定を狂わせ、貧乏の不安を深くしていることは、ほとんど衛生政策の一方に偏していることを、責めることもできないほどの切迫した状態である。

肺結核は以前楽な生活をする家の、一種の課役のようにも考えられていたことがあった。少なくとも都市の生活の一つの悪い方面として、避けれれば避けられるように村の人は思っていた。ところがもうそういう空頼みは抱かれぬようになっている。村から女工を方々へ出しておくと、その中の一部は必ずこの病を帯びて戻って来る。

（中略）

元来金のかかる病気として知られていたものが、貧しい家庭にまで入り込んだのは大変な事件であった。それもこれから大いに働こうとしている者を、わざと選んで襲撃するような結果になっているのは、家家の復興事業のこの上もない障碍であった。

貧は四百四病の一番につらいということは、今でもよく繰り返す古い諺であるが、貧ゆえに誘い起こす病の数が、こうしてだんだん多くなり、また忍びがたいものになってきたのである。（三　多くの病を知る）

賢治の生きた東北では、飢饉と、それによる貧困・病・死は、まだ身近なものだった。『グスコーブドリの伝記』では、ブドリの両親が、飢饉のため飢餓に陥り、病気に冒され死を選ぶことが描かれるが、このような状況は昔の話ではなく、実際に当時起きていたそして起きうる可能性のあるリアリティのある話だったのだ。また、特に若者に多い病気としてチフスが挙がっているが、まさに『麑十公園林《けんじゅうこうえんりん》』の麑十はチフスで命を落としたのだった。

さて、『明治大正史　世相篇』の中で、柳田國男が将来に向けた希望を述べている箇所がいくつかある。その一つを第十一章〔労力の配賦〕から引用する。

若い女性の職業意識は一段と目覚めてきた。専門学校生徒や女学校上級生が夏休みを利用して、何か仕事をしてみようという気風もようやく盛んになってきた。学校が婚姻の便宜を与え、ただ女大学式の良妻賢母を目的とした時代から見ると、その間の移り変わりは少しずつではあったろうが、今に至れば大いなる変遷といわねばならぬ。かくてあの苦しかったが、また楽しかった田植えの日の労働におけるがごとく、男女は共に世の仕事に当たり、愉快なる成果を挙げうる日も近き将来にあるであろう。そうしてかつて国土に凋《しお》れた花は再び咲き返り、人は喜び合うて健全なる国の建設にいそしむことができるようになる日も近いであろう。自主と協力の喜びがわれわれを訪るる時、われわれは必ずや幸福になるであろうと信ずるのである。

（四　職業婦人の問題）

ここで、柳田國男は、当時の一般人の共通認識と思われることを述べているのではなく、彼が信じるみんなの幸いの一つの姿を提示している。男女の差別なく、強制されるのではなく自主と協力の喜びを感じながら、世界を創っていくことが幸福だという考え方だ。これは、賢治の作品におけるみんなの幸いと、よく重なっている。

これまで見てきたように、賢治の作品に表れる世界像・世界観の多くの要素は、当時の知識人にはある程度共通した物事の捉え方の枠内にあったと言えそうだ。一方で、賢治の作品を、ユニークならしめているのは、感情移入をきっかけに強い感情が奔出すること、特に激しい自己犠牲の感情が表れることだ。

持続可能な社会

賢治が創作活動を行ったのは大正から昭和の初期。その頃、世界の国々は今ほど密な相互依存の関係にはなく、また、世界規模での気候や環境問題はなかった。だから、人々は、地球の有限性をあまり意識せず、世界を舞台に欲望の限り開発を進めることに疑問を感じることは少なかったはずだ。しかし、百年後の今、気候・環境・生態系の問題、大規模な紛争、難民を含む貧困・格差問題などにより、人間社会は崩壊の連鎖が起こる一歩手前のところまで来てしまっている。こういった問題は、世界各国が協調連携して取り組まない限り解決は困難だ。

だから、今求められるのは、世界が持続可能な社会を実現する（人間社会の崩壊を回避する）ために、世界全体でバランスを取りながら、欲望を一部抑制することと、信念対立の場面で一部譲歩（妥協）をすること。そうすることで、個々の問題に対する現実的な解決の道筋を見いだし、世界全体で協調してその道筋に沿って対処を進めることができるようになる。つまり、欲望の一部抑制と、信念対立での一部譲歩という、広い意味での自己犠牲が、持続可能社会の実現の鍵と言うことができる。

改めて賢治の作品を今日的な視点で捉え直すと、そこには、人類が持続可能な社会を実現するための、主要な課題と対処が、具体的なイメージと肌触りを伴って息づいていることがわかる。ここでは93ページに記載した、みんなの幸いの希求とそのための自己犠牲、の解釈の三つのパートに沿って、それを見ていくことにする。

まず、《無用な殺生の対象になっている人・生物や、差別・虐待を受けたり、飢餓・貧困に陥っている人々の痛みを感じ、地球上からそういった状態を一掃することに、強い願いを持ち》という部分。

この部分は、今日の地球規模の問題群と次のように重なっている。大量の化学物質（農薬等）による無用な殺生は、結果的に生態系のバランスを崩し土壌を劣化させ、食糧危機や環境破壊の原因になりうることはよく知られている。また、特定の生物種を乱獲し消費することは、その種を急速に絶滅に至らしめ、生態系のバランスに悪影響を与え、同様の結果を招くこともまたしかり。一方、人々の分極化（宗教・思想などの信条、人種・民族、種々の格差等による）による差別・虐待は、国家間の紛争や国の内紛の最たる原因である。温暖化、環境破壊、貧困など地球規模の喫緊《きっきん》の課題に対して、諸国連携した対処が求められている今、差別（分断）・虐待（紛争・搾取）は連携を阻害し課題解決に逆行する深刻な要因だ。
以上のように、無用な殺生をせず、差別・虐待をなくすことは、持続可能な社会実現の鍵ということができる。その根絶を駆動するのは、殺生される側、差別・虐待を受けたり、飢餓・貧困に陥っている側に感情移入しその痛みを感じ、それをきっかけとして湧き出てくる、差別・虐待等を根絶しようという熱い気持ちである。

次が《その願いへの共感の輪を世界中の人々に拡大しながら、協調してかつ生物多様性・生態系のバランスを感じ保持しつつ、その願いを実現していくこと》の部分。

差別・虐待等を根絶しようという熱い気持ちはどうしたら多くの人々と共有できるだろうか。それは広い意味で子供の教育による外にはない。人間が何を快く思い何を不快に思うかは、もちろん生理的なものもあるが、多くは後天的に編み込まれたものだ。無用な殺生、差別・虐待をすること、飢餓・貧困に陥らせることは、不快で行ってはいけないことだということを、メディアも活用して編み込み、さらに、ルール化して禁止する。そして、無用な殺生、差別・虐待をすること、飢餓・貧困に陥らせることを回避させた場合、それを称賛することで、共感の輪は拡大できるだろう。

具体的対処にあたっては、世界の全ての国々が、地球環境全体に配慮した上で、目標設定を行い、協調して行動することが必要だ。人類は既に絶滅のスパイラルに踏み込み始めている。地球の環境・資源は有限であり、温暖化や、生物多様性の喪失と生態系バランスの崩壊、海洋汚染を始めとする世界を覆う危機を認識し、具体的対処を推進しなければならない。ＳＤＧｓはその目標を示したものだ。ただし、その実現に支障となる差別（分断）・虐待（紛争・搾取）は、人間の性向に多かれ少なかれ組み込まれている。自分が有利に生き延びるため都合のよくない他者を色分けし排除する差別性向と、自分の強さ優位さを弱いものを相手に確認することで気持ちが高ぶる虐待性向だ。だから、差別・虐待は禁止して減少させることができても消滅することはないだろう。粘り強く禁止を続けるしかない。特に問題になるのが、国のトップなど、組織のリーダーが差別・虐待の強い性向を持っている場合だ。国のリーダーの場合は、ロシアのプーチン大統領のように侵略戦争を始めたり、地球規模の問題対処にブレーキをかけたり二の次にするので、悪影響は人類全体に及ぶ。組織のリーダーに、差別・虐待の強い性向を持つ者をつけてはいけない。

そして《自分の欲望の抑制、自分の労力の使用、自分の持てる物の供出、などを適宜行うことを厭わない》の部分。

アフガニスタンの水不足問題に対処するため、水路工事を自ら主導して行った中村哲医師（2019年銃撃され死亡）の行動は、多くの人々を劣悪な環境から救った目に見える例だ。また、ニュースにはならないが、官民問わず日常的に差別・虐待等の根絶に取り組んでいる人は大勢いる。一方、賢治が作品で描いた、誰かの幸いのために、自分の命を犠牲にする話は、現在多くの人々にとって物語の中の出来事ではない。ロシアのウクライナ侵略に対抗するため、ウクライナ軍に参加した人々は、家族・市民を守るため、少なからず命を落としている。紛争で武力衝突が起こってしまったら、誰かの幸いのために命を犠牲にすることは、まず避けられない。日本でも有事の際は、自衛隊が前面に立って防衛にあたることになる。

みんなの幸いのためには、自分の命を犠牲にするかどうかの選択を迫られる前に、そういった選択を不可避なものとする深刻な事態の発生自体を回避することが何より重要だ。繰り返しになるが、差別（分断）・虐待（紛争・搾取）を防ぐための、欲望の一部抑制と、信念対立での一部譲歩という、広い意味での自己犠牲が、持続可能社会の実現の鍵である。そして、賢治の作品を、ユニークならしめているのは、感情移入をきっかけに強い感情が奔出すること、特に激しい自己犠牲の感情が表れることだった。

考察結果の全体俯瞰

最後に、これまで考察してきたことを俯瞰図（図5）にまとめておく。

賢治の作品に広く共通している特徴は、感情移入とそれをきっかけにした強い感情の奔出だった。感情移入そのものはその強弱はあるにせよ万人が行っている。賢治の作品の特徴は、感情移入をきっかけに、例えば、他者のために自分の全生涯・全財産を供してもよい、と思うような激しい感情が奔出することにある。

飽食・無用な殺生、差別・虐待、飢餓・貧困に対する強い否定は、少なくともそれらのない世界が、みんなの幸いの、必要条件となっていることを意味する。

強い願い（感情）を持って一緒にみんなの幸いを作り上げる姿が、『風の又三郎』と『ポラーノの広場』と『虔十《けんじゅ》公園林』に、みんなの幸いのために自分の命を犠牲にするこ

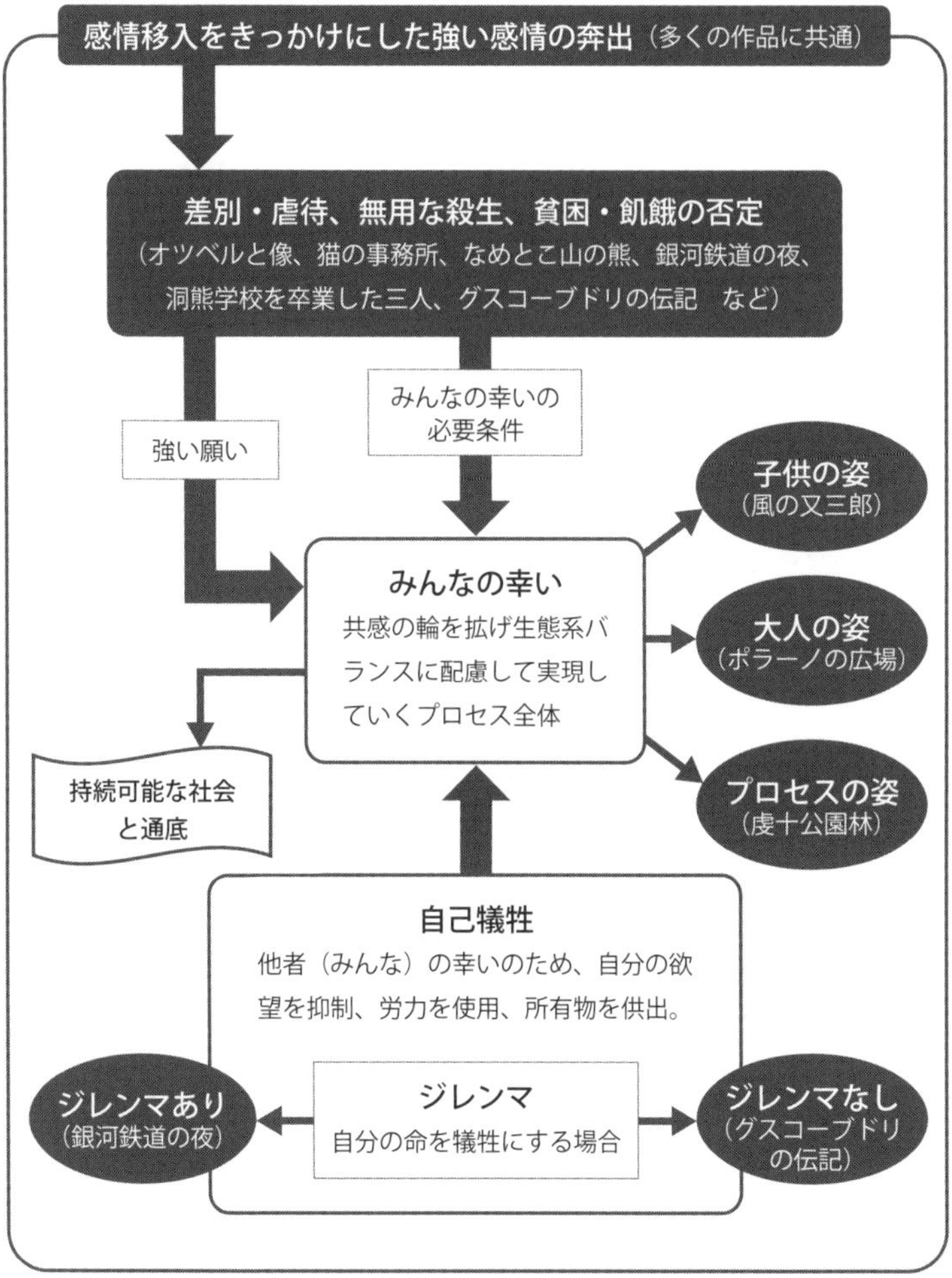
感情移入をきっかけにした強い感情の奔出（多くの作品に共通）
差別・虐待、無用な殺生、貧困・飢餓の否定
（オツベルと像、猫の事務所、なめとこ山の熊、銀河鉄道の夜、洞熊学校を卒業した三人、グスコーブドリの伝記　など）
強い願い
みんなの幸いの必要条件
みんなの幸い
共感の輪を拡げ生態系バランスに配慮して実現していくプロセス全体
子供の姿
（風の又三郎）
大人の姿
（ポラーノの広場）
プロセスの姿
（虔十公園林）
持続可能な社会と通底
自己犠牲
他者（みんな）の幸いのため、自分の欲望を抑制、労力を使用、所有物を供出。
ジレンマ
自分の命を犠牲にする場合
ジレンマあり
（銀河鉄道の夜）
ジレンマなし
（グスコーブドリの伝記）

図５　全体俯瞰図

とについて、ジレンマがある場合が『銀河鉄道の夜』に、ジレンマがない場合が『グスコーブドリの伝記』に描かれている。

みんなの幸いの実現と、今日の地球規模の課題（貧困、差別、温暖化、生態系のバランス崩壊、環境破壊等）の解決とは、いろいろな面で通底している。

補足

前節までで本書の主要な考察は一応完了した。しかしながら、これまでにわかったのは、賢治の長編童話（四つ）を含むいくつかの作品が、みんなの幸いの希求とそのための自己犠牲をテーマにしていて、図5の俯瞰図の中のどこかに位置づけられるということまで。本来、賢治の作品全体の中で、図5の俯瞰図に入らないものにはどういった作品がどのくらいあるのか、ある程度明確にしないことには、みんなの幸いの希求とそのための自己犠牲が、賢治の作品の中核テーマと言うこともできない。そこで本節では、賢治の作品で図5に入るものと入らないものについて概観してみることにしたい。

そもそも賢治の著作にはどういったものがどれくらいあるか。ちくま文庫の宮沢賢治全集は以下の十巻で構成されている。

第1巻　詩集1　『春と修羅』・同補遺・「春と修羅　第二集」
第2巻　詩集2　「春と修羅　第三集」・「春と修羅　詩稿補遺」・「疾中」・他
第3巻　詩集3　短歌・俳句・「冬のスケッチ」・「三原三部」・「東京」・他
第4巻　詩集4　文語詩稿　五十篇・文語詩稿　一百篇・文語詩未定稿・他
第5巻　童話1　蜘蛛となめくぢと狸・双子の星・貝の火・よだかの星・他
第6巻　童話2　革トランク・ビヂテリアン大祭・土神ときつね・他
第7巻　童話3　銀河鉄道の夜・風の又三郎・セロ弾きのゴーシュ・ポラーノの広場・他
第8巻　童話4　『注文の多い料理店』・グスコーブドリの伝記・他
第9巻　書簡
第10巻　農民芸術概論・手帳・ノート・他

文学作品としては、詩と童話がそれぞれ四巻ずつを占める。本書では童話を多く取り上げた一方で、詩はほんの一部を引用したに過ぎない。

では、まず童話から見ていく。童話は断片のようなものを除くと大体九十くらいある。その中で、図5の俯瞰図に入らないものは、十八。内訳は次の通り。

●信仰に関わるもの（九）
『双子の星』・『めくらぶだうと虹《にじ》』・『ひかりの素足』・『二十六夜』・『マグノリアの木』・『インドラの網』・『雁《かり》の童子』・『氷と後光』・『マリヴロンと少女』

●自然現象や無生物・人工物が主役になっているもの（六）
『気のいい火山弾』・『若い木霊《こだま》』・『土神ときつね』・『水仙月《すゐせんづき》の四日』・『月夜のでんしんばしら』・『シグナルとシグナレス』

●世相風刺（二）
『税務署長の冒険』・『二人の役人』

●民話（一）
『ざしき童子《ぼっこ》のはなし』

以上から、全童話の内、図5の俯瞰図に入るものが約八割、入らないものの殆どは信仰がテーマか、自然現象等が主役のものということになる。ただし、例えば『銀河鉄道の夜』は、図5に入ると分類しているが、信仰のことも描かれていた（神さまや天上の話）。だから、図5に入るか入らないかは、排他的な区別ではない。なお、繰り返しになるが、図5の俯瞰図に入るものとは、みんなの幸いの希求とそのための自己犠牲を主なテーマにしているもののこと。例えばある作品が、自然の中のいろいろな生命との交歓を中心に描いている場合、《生物多様性・生態系のバランスを感じ》ているという意味で、図5に入ることになる。

ところで今、信仰に関わるものや、自然現象や無生物・人工物が主役になっているものは、みんなの幸いの希求とそのための自己犠牲を主なテーマにしていない、と分類した。それは、93ページに述べた広義のみんなの幸いの解釈に、信仰や自然現象等が入っていないからだ。しかしながら、自然現象や無生物・人工物については議論の余地がある。なぜなら、主役になっている自然現象や無生物・人工物は、擬人化されて童話に登場するから。言葉を換えれば、それらの自然現象や無生物・人工物は、一種の生命体と見なされている。つまり、賢治の童話では、生物と無生物の区別は曖昧あるいは地続きなものとして描かれている。よってその意味では、自然現象や無生物・人工物が主役になっているものに分類した童話も、図5の俯瞰図に含めてもよいだろう。

次に詩について。賢治の詩は、春と修羅シリーズ（『春と修羅』・『春と修羅　第二集』・『春と修羅　第三集』）、その他の口語詩、短歌、文語詩など合わせて少なくとも数百はある。筆者はそれら全部に言及できるほど蓄えはないので、ここでは『春と修羅』に絞って内容の傾向を見てみることにしたい。

『春と修羅』は六十九の詩（心象スケッチ）から成る。その中で、図5の俯瞰図に入らないものは、三十一。内訳は次のとおり。

●信仰に関わるもの（八）
「永訣の朝」・「松の針」・「無声慟哭」・「風林」・「白い鳥」・「青森挽歌」・「オホーツク挽歌」・「噴火湾（ノクターン）」

●自然現象や無生物・人工物が主要な内容になっているもの（十七）
「くらかけの雪」・「日輪と太市」・「丘の眩惑」・「カーバイト倉庫」・「コバルト山地」・「ぬすびと」・「有明」・「雲の信号」・「霧とマッチ」・「報告」・「高原」・「電線工夫」・「銅線」・「東岩手火山」・「雲とはんのき」・「風の偏倚」・「イーハトヴの氷霧」

●怒り悲しみや不条理感などで書き手に関わる強いマイナスの感情が表れているもの

（六）

「屈折率」・「恋と病熱」・「春と修羅」（＊）・「春光呪詛」・「岩手山」・「宗教風の恋」

＊『春と修羅』の中に収められている詩の一つである「春と修羅」。

図5の俯瞰図に入るのは、五割強だ。童話の場合は、約八割だったから、みんなの幸いの希求とそのための自己犠牲が、賢治の作品の中核テーマと言って間違いではないだろう。なお、これらの割合は、以下の考察でも説明するとおり、自然現象や無生物・人工物に関わる作品も図5の俯瞰図に入ると捉えれば、さらに高い割合（童話で九割弱、『春と修羅』で約八割）になる。

さて、『春と修羅』でまず目につくのは、童話にはなかった、怒り悲しみや不条理感などで書き手に関わる強いマイナスの感情が表れているものが少なからずあることだ。これはなぜか。

本書冒頭の「はじめに」に記したとおり、『春と修羅』は、書き手賢治の心に浮かんだそのままを記録したものである。基本的に、外界との相互作用の中で感じたこと考えたことが描かれている。書き手が自己否定的な感情を抱くこともあるだろうから、

『春と修羅』に書き手に関わるマイナスの感情が表れているものがあるのは不思議ではない。一方童話の場合、書き手が童話の中に直接登場して感情を表すことはないから、このカテゴリーに入る作品はなくて当然と言える。

一つ注目したいのは、このカテゴリーに、「恋と病熱」と「宗教風の恋」という二つの恋愛に関わる作品が入っていること。前に「小岩井農場」を考察した時に、少なくとも恋愛や性欲は、みんなの幸いに繋がってはいるが、それは「それがほんたうならしかたない」という、やむを得ず肯定するという仕方でしかないことを指摘した。実は『春と修羅』の中で、恋とか愛の字がタイトルに使われているのは「恋と病熱」と「宗教風の恋」の二つしかない。そしてその両方にマイナスの感情が表れている。このことは、賢治の作品では、恋愛が自己否定のマイナスの感情と結びついていることをある程度裏付けている。なお、恋愛がなぜマイナスの感情と結びついているのかは、賢治の人物論に属する問題で、本書のスコープを超える。

もう一つ、童話と比べた時の特徴として、『春と修羅』では自然現象等が主要な内容となっているものの割合が高い（童話では一割未満なのに対して約四分の一）。この理由もやはり次のように、童話と心象スケッチという表現形式のそれぞれの特性によるのだろう。童話の中に、擬人化を使って自然現象や無生物・人工物を主役として登場させるのは、生物を擬人化する場合に比べると、感情移入ができなくはないもののそれなりに無理がある。一方、心象スケッチの場合、外界との相互作用の中で感じたこと考えたことが書かれるわけだから、例えば主旨「春になって暖かい日差しが降り注ぎ、雪が溶け始めた。ああ気持ちいいな」といったことも作品になりうる。だから、自然現象等を主要な内容とすることにハードルはない。

ところで前に、賢治の童話では、生物と無生物の区別は曖昧あるいは地続きなものとして描かれていることを指摘した。このことは『春と修羅』でも同様であることが、例えば本節最後に引用した作品からもわかる。だから、自然現象や無生物・人工物が主要な内容になっているものに分類した作品も、図5の俯瞰図に入ると考えてもよいだろう。この点についてもう少し補足する。

93ページの〈広義のみんなの幸いの希求〉の解釈の、《その願いへの共感の輪を世界中の人々に拡大しながら、協調してかつ生物多様性・生態系のバランスを感じ保持しつつ（＝万象と一緒に）、その願いを実現していくこと》の部分にある、〈万象と一緒〉は、人を含む全生物が一緒に、の意味で書かれていた。万象に、自然現象や無生物・人工物を明示的には含めなかった理由は、一つは、一緒に何かする、という言葉のニュアンスに、能動的に動かない無生物・人工物は合わないということ、もう一つには、生物多様性・生態系のバランス保持に、その環境としての自然現象や無生物・人工物の（との相互）作用を考慮しなければならないことは言わずもがなことがあった。しかしながら、賢治の作品では、生物と自然現象や無生物・人工物は地続きであるとの認識に立ち、万象を、文字通り全てのものをカバーする万象、と広い意味で解釈することは、既に見てきたようにこれまでの考察結果を補強しこそすれ齟齬《そご》を来《きた》すものではないことを言い添えておく。

では最後に、『春と修羅』の最後に置かれた作品「冬と銀河ステーション」の後半部分を引用して本書を終わることとしたい。ここには読み手の笑顔を誘う万象との生き生きとした交歓がある。

あゝ　Josef Pasternack の指揮する
この冬の銀河軽便鉄道は
幾重のあえかな氷をくぐり
（でんしんばしらの赤い碍子と松の森）

にせものの金のメタルをぶらさげて
茶色の瞳をりんと張り
つめたく青らむ天椀の下
うららかな雪の台地を急ぐもの
（窓のガラスの氷の羊歯は
　だんだん白い湯気にかはる）
パッセン大街道のひのきから
しづくは燃えていちめんに降り
はねあがる青い枝や
紅玉やトパースまたいろいろのスペクトルや
もうまるで市場のやうな盛んな取引です

あとがき

宮沢賢治の作品というと、ちょっと信仰の匂いのする童話と、〈雨ニモマケズ〉が思い浮かぶぐらいで、なんとなく幼稚で硬直したマイナスの印象を長い間持っていた。だが、十年くらい前に、見田宗介著『宮沢賢治　存在の祭りの中へ』を読んだことで興味が湧き、『春と修羅』と『銀河鉄道の夜』などをざっと斜めに読んでみた。『春と修羅』は、風景の描写に、物理化学や地学の用語を用いていて、硬質で知的な感じがなんとなくかっこいいなとは思ったものの、結局何だかよくわからない（＝うまく解釈できない）。『銀河鉄道の夜』も、みんなの幸いとか何を意味するのかはっきりしない言葉をめぐって話が展開するし、神さまとか天上とか信仰の話も出てきて波長が合わず、やはりよくわからなかった。ただ、うまく解釈できないことは不快なものだから、できればいつかは解決したいものとして、本棚に載っていた。

最近になってようやくきちんと読んでみようという気になり、『春と修羅』や多くの童話を一気に読んだ。すると、沢山の作品をまとめて読むことで、この話のこの部分はあの話のあの部分と似ている等、作品の間に整合性があり、それらを総合することで、作品の解釈ができるような気がしてきた。と同時に、筆者が関心を持っていた、感情移入や擬人化、その先にある神や死後の世界などが、賢治の作品に頻繁に表れることもわかったので、賢治の作品の解釈を軸に、頭の中にある関連事項を整理してみたくなった、というのが執筆の動機。そして一章では、もともと関心のあった事柄を、賢治の作品を例に取りながら、形にした。ところが、二章、三章と書き進める内に、賢治の作品の解釈、特に、みんなの幸いの希求とそのための自己犠牲とは、いったいどういうことなのか、という謎解きに夢中になり、結果的には、賢治の作品にうまく促されつつ、ワクワクしながら書かせてもらった感が強い。いずれにしても、読み手の想像力を刺激してやまない作品（喩えるなら、それらはまた一つの虔十公園林でもある）を遺《のこ》してくれた宮沢賢治氏に、感謝したい。

過去、宮沢賢治の作品に関わり、膨大な言説の蓄積があるだろう。本書で述べたことが、そこに新たな視点を加えているのかどうか、わからないし、そもそもそこを目指したわけではないのでどちらでもよい。それよりも、本書が、賢治の作品と、その作品が内在する今日の問題群に、読者の皆さんを（改めて）引き合わせるきっかけになれば、幸いである。

最後まで読んで頂きありがとうございました。

２０２３年１月

久永　公紀

【引用・参考文献】

宮沢賢治関連

『宮沢賢治全集1～8』宮沢賢治著、ちくま文庫、一九八六

『宮沢賢治　存在の祭りの中へ』見田宗介著、岩波現代文庫、二〇〇一

その他

『世界がわかる宗教社会学入門』橋爪大三郎著、ちくま文庫、二〇〇六

『歎異抄』全訳注　梅原猛、講談社学術文庫、二〇〇〇

『聖書』聖書協会共同訳 旧約聖書続編付き 引照・注付、二〇一八

『意識と本質　精神的東洋を索めて』井筒俊彦著、岩波文庫、一九九一

『明治大正史　世相篇』柳田國男著、講談社学術文庫、一九九三

〈著者紹介〉
久永公紀（ひさなが きみのり）
1960年　東京都生まれ。
1984年　慶応義塾大学大学院工学研究科修士課程修了。
　　　　現・KDDI（株）入社。
2020年　同社を定年退職。
著　作『意志決定のトリック』（幻冬舎メディアコンサルティング、2020）

宮《みや》沢《ざわ》賢《けん》治《じ》の問《もん》題《だい》群《ぐん》
感情移入《かんじょういにゅう》と持続可能社会《じぞくかのうしゃかい》を巡《めぐ》って

2023年4月28日　第1刷発行

著　者　　久永公紀
発行人　　久保田貴幸

発行元　　株式会社 幻冬舎メディアコンサルティング
〒151-0051　東京都渋谷区千駄ヶ谷4-9-7
電話　03-5411-6440（編集）

発売元　　株式会社 幻冬舎
〒151-0051　東京都渋谷区千駄ヶ谷4-9-7
電話　03-5411-6222（営業）

印刷・製本　中央精版印刷株式会社

検印廃止

Printed in Japan
ISBN 978-4-344-94447-3 C0095
幻冬舎メディアコンサルティングＨＰ
https://www.gentosha-mc.com/